ZEITREISE

ANS ENDE

DER ZEIT

Band 20   Psycho Thriller

Zum Buch

Nach dem fatalen Hassattentat eines irren Neiders,
auf die bezaubernde Zeitreisekundige - Carla,
schwebte sie zwischen Leben und Tod - einem
schwachen Windhauch gleich.
Lange dämmerte sie in tiefem Koma,
bis sie schließlich in einer fremden Welt erwachte.
Einer zerstörten Welt am Ende der Zeit.

Zur Autorin:

In einem kleinen Harzdörfchen - in selbstgewählter Ruhe
und Abgeschiedenheit, widmet sie sich nun ausschließlich
ihrem Hobby - dem Schreiben utopischer Abenteuer
Romane und Mystery - Triller.

Inhalt:

Und er vernichtete alles was nicht gut war!

Doch nicht Gott hat die Welt vernichtet.
Der Mensch war es selbst.

Die Luft hatte sich höllisch erhitzt und elektrisch
aufgeladen.
Verheerende Urgewalten mit Stürmen, Donnergetöse
und zischenden Feuerblitzen, hatten die Welt in Brand
gesetzt.
Worauf eine alles zerstörende Explosion - keinen Stein
auf dem anderen ließ.
Eine Naturgewalt - unvorstellbaren Ausmaßes - gleich dem
Weltuntergang, hatte die Erde zerstört und alles Leben
vernichtet.
Doch sie war nicht untergegangen, oder gar auseinander
geborsten.
Sie leuchtete merkwürdig rot - heller als der Vollmond,
denn sie brannte lichterloh, so dass er noch viele Runden
um den Globus drehen musste, bevor er auf ihm landen
konnte.
So musste er feststellen, dass es auch auf der anderen Seite
seines Heimatplaneten nicht anders aussah.
Die verheerende Zerstörung hatte auch dort alles
vernichtet. Das Meer hatte weite Landstriche überflutet,
selbst in der Arktis, sah er anstatt der Eisberge,

nur dampfendes Wasser.
Der Qualm stieg viele Kilometer weit in den Himmel.
Der Brandgeruch war noch immer unerträglich,
so dass er kaum zu atmen vermochte.

So fand Justin die Erde vor, als er nach langer, langer
Irrfahrt durch das All, endlich die geliebte Mutter Erde
wieder sah.
Das Entsetzen, das ihn ergriff, war unbeschreiblich.
Denn ihn erwartete nicht nur verkohlte Erde
und verbrannte Wälder, sondern eine einzige Ruinenstätte.

Dort wo einst stolze imposante Hochhäuser in den Himmel ragten - große Einkaufscentren und brausender Verkehr die Straßen belebten und das Leben pulsierte, gab es nur noch Gesteinsberge und Mauerreste.

So trat er in die Ruinenstätte - die verwüstete Geröll Einöde.

Einst war er aufgebrochen - die neu entdeckte, ferne Supernova zu erforschen.
Als erster und einziger Mensch - als Sieger und Eroberer, sie betreten zu haben, oder gar auf seinem Weg durch die unendlichen Weiten, eine zweite Sonne zu entdecken.
Mein Gott, wäre das eine Sensation.
Denn eine helle wärmende Sonne, kann weiteres Leben bedeuten.
Keine anderen hatten es bisher gewagt, diese ungewisse Reise anzutreten.
Wenn nicht mir, wem sonst konnte diese Herausforderung gelingen, dachte er zuversichtlich.
In seiner anfänglichen Euphorie fühlte er sich unsterblich, zumal sein bisheriges Leben - nahezu 800 Jahre zählte.
Jedoch hatte er dieses Mal die heikle Reise unüberlegt, ohne Robby den Zeitenlenker gestartet und es sehr schnell wieder bereut.
Denn ohne Robby, den mächtigen Roboter,

musste sein Plan misslingen.
Robby der imstande war, unendliche Zeiten in einem
Moment zu überwinden, wie auch sein Leben
Stück für Stück zu verlängern.
Zudem wusste Justin nicht so recht, wie er - einmal
abgehoben - losgelöst - und vom ewigen Weltraumstrom
erfasst, sein Raketenähnliches Weltraumgeschoss
abbremsen und den Rückwärtsgang einstellen sollte
und ob es überhaupt möglich wäre, ohne Zwischenstation
in die entgegengesetzte Richtung umzukehren.
So jagte er wie ein abgeschossener Pfeil durch die Galaxie
und entfernte sich mit jeder Minute weiter
in unglaubliche Tiefen der Unendlichkeit.
Ein Raum ohne Ende.
Eine Vorstellung, die unser Hirn nicht fassen kann.
So würde er sein restliches Leben und danach als Mumie
in dieser Unendlichkeit dahin jagen und selbst zu einem
Stern mutieren.

Er hatte viel Zeit zum Grübeln. Es muss doch eine
Möglichkeit geben.
So hoffte er, in einem angesteuerten großen Bogen,
wenn auch langsam, so doch allmählich, irgendwann
wieder an seinen Ausgangspunkt zu gelangen.
Wenn er nur die Richtung nach links oder rechts
konstant einhielt.
So muss es ihm wohl letztendlich, nach einer unsäglich

langen zermürbenden Ewigkeit gelungen sein,
denn das ersehnte Wunder geschah, als er wieder in das
Sonnensystem gelangte und die Erde wieder erblickte.
.

Das ist mittlerweile viele Jahre her.
Doch schon damals war er von dem Hirngespinst besessen,
aus der verlorenen Erde - dem Ende der Welt,
einen Neuanfang zu schaffen.

Nun, muss man wissen, dass er jederzeit die Stätte des
Grauens, durch das Zeitentor, hätte verlassen können,
um in jede beliebige Zeit einzutauchen.
Er jedoch hatte sich zum Bleiben und für einen Neubeginn
entschieden und nannte es: DER ANFANG DER ZEIT.

Nachdem er für eine bescheidene Neubesiedlung durch
Mensch und Tier gesorgt und alles zu wachsen
und gedeihen begonnen hatte, erkannte er, dass ihm das
Wichtigste fehlte - Ein Weib, das sein Herz erwärmte,
sein Blut zum Glühen und den Puls zum
Trommeln brachte.
So sollte sie sein, oh - ja es gab diese Frau.
Doch sie hatte einen anderen - ihm vorgezogen,
er kam zu spät - damals.
Er dachte an die Jahre voller Wehmut zurück.

Doch nun lag die schwierigste und nervenzerreißendste
Suche nach jungen, passenden Männern und Frauen
für die Neubesiedlung bevor - die er allesamt aus - vor
Hunger und Elend zerstörten Kriegsgebieten voriger
Jahrhunderte, errettete.
Während die jungen Burschen sogleich euphorisch
den Aufbau vorantrieben, hatte er mit den neuen Frauen
anderes im Sinn.
Alle wollte er selbst schwängern - seine Gene fortpflanzen,
um außergewöhnlich begabte, perfekte neue Generationen
als Grundlage mit seinen Intelligenz Genus
zu erschaffen und sicher zu stellen.
Was ihm auch mit besonderem Genuss und Vergnügen,
mühelos gelang.
Denn alle Weiber waren ein wenig verliebt in den
göttlichen Adonis, der sie aus tiefstem Elend errettet hatte.
So ließ er sie einzeln antanzen, um die Personalien
und Daten aufzunehmen und - nun ja - um sie auch auf der
Matratze zu prüfen, ob sie für ihren neuen Job als Urahnen
einer reichen Nachkommenschaft gut geeignet sind.

Die zweite Generation war geboren.
Neun kleine rosige Schreihälse erblickten innerhalb von
zehn Monaten das Licht der Welt.
Alles meine Brut, dachte Justin mit Stolz gereckter Brust.

Doch schon nach Monaten kamen ihm erste Zweifel.
Da hat mir jemand der Kerle ins Handwerk gepfuscht.
Zwei der Kids konnte er mit Sicherheit ausschließen.
Nun gut - so blieben immer noch sieben mit seinen Genen -
die sein Erbgut weitertragen würden.
Der Grundstein war gelegt.
Nun wollte er sich nicht mehr in den weiteren Verlauf
einmischen. Denn ihm lag daran, dass sie nun Familien
gründeten.

Jahrelang hatte er sich abgerackert. Er war Bauer, Maurer,
Zimmermann, Bürgermeister und Pastor zugleich.
Das Vieh hatte sich vervielfacht und reichte mühelos
für die Nahrungsversorgung, der mittlerweile ebenfalls
angestiegenen Bevölkerung.
Die Last der Jahre, die sich inzwischen aneinanderreihten,
schienen ihn bisweilen zu erdrücken.
Alles hatte er schon erlebt in den 800 Jahren seines
Daseins.
Er hatte bei seinen Zeitreisen, die Vorläufer der Homo
Sapiens und die Homo - erectus gesehen,
hatte die Stein und Bronzezeit erlebt.
Er konnte sich rühmen - Jesus Christus persönlich
kennengelernt, mit ihm bei einem Glas Wein diskutiert
und Probleme gewälzt zuhaben.

Seitdem aber immer bereut - bei der Gelegenheit nicht noch die läppischen 60 Jahre zurück gegangen zu sein, um die liebliche Kleopatra von Angesicht zu erleben. Doch vermutlich hätte er dieses Rendezvous der ebenso Schönen wie gefährlichen, sagenumwobenen Pharaonin nicht überlebt.

So hatte er später bei einem Zusammentreffen mit den kampferprobten Wikingern nur mit List und Tücke sein Leben retten können.

Ebenso hatte er das Mittelalter erlebt und war dicht am Höllentor vorbei geschlittert und dem Teufel so manches Mal von der Schippe gesprungen.

Er hatte viele Frauen in der langen Zeit gekostet - Junge Übermütige, Reife, Exotische, Wilde, Scheue, Züchtige und Sündige.

Doch nur Eine hatte er wirklich geliebt - mehr als sich selbst. Er hatte sich erniedrigt und sich zum Clown gemacht. Gleichwohl konnte er ihre Liebe nicht gewinnen.

.

Doch in ihrem vorigen Leben hatten sie immer wieder sehr amouröse, erotische Beziehungen, die sich über mehrere Jahrhunderte hinzogen - wieder und wieder neu erwachte Liebesaffären.

Doch darüber hinaus gab es keine Gemeinsamkeiten.

Da sie ohne Bedauern von ihm gehen konnte - ein emotionsloser Abschied ihrerseits.

Was aber jedes Mal herzzerreißende Emotionen bei ihm auslöste und ihn niederwarf.

So hatte er sie manches Mal verflucht und ihr mehr als nur einmal nach dem Leben getrachtet.

Nur er wusste noch davon, da er im Gegensatz zu ihr, zwischenzeitlich nicht gestorben und neu geboren wurde, sondern all die Zeit durchgehend gelebt hatte.

Auch wenn, oder weil er in der Gemeinschaft einen gehobenen verantwortungsvollen Posten einnahm, fühlte er sich dennoch recht einsam.

Er sehnte sich nach einer lieben, doch gleichermaßen gescheiten Partnerin, die zu ihm passte.

Nun ja ein Vollweib sollte es schon sein.

Eine Frau, die seine Sinne beflügelte und sein Blut zum Sieden brachte.

Oh - ja, es gab diese Frau - doch nicht für ihn hatte sie sich entschieden. So musste er weiter suchen...

Im Jahre Dreißig damals, war er einer solchen verführerischen Circe, der unergründlichen Kleopatra so nahe, doch nach einer warnenden Stimme in ihm, hatte er sie nicht weiter in Betracht gezogen.

So schweiften seine Gedanken ins Unendliche, als er den Hang von der Höhle hinabstieg.

Nun war er ausgelaugt und brauchte eine Auszeit und Luftveränderung.

Die Gegend, die er aufzusuchen gedachte - die Stätte,
die er am meisten mochte, weil sie dort lebte, war seine
Lieblingsstelle.
Ein Landstrich nur 1000 Jahre zurückversetzt.
Dort gab es noch urige Bauernhöfe, doch meist recht
armselig und verwittert.
Denn die Zeit der Ausbeutung des Landvolkes
durch die viel zu hohen Abgaben an den Landesfürsten,
in dem Fall an die Grafendynastie, war noch nicht vorüber.
War das Dörfchen auch grau und schmucklos,
so prangte doch drumherum ein idyllisches Paradies,
mit viel Platz für Getreideanbau und eine unberührte Natur
um den Dorfteich, hinter Rohr und Binsen versteckt.

Auch eine inzwischen morsche Ruhebank
verbarg sich dort zwischen Sanddornbüschen,
die zum Verweilen einlud.
Ach, würde er sie doch sehen - wenn auch nur aus der
Ferne, oder ihr gar wie zufällig begegnen.
Der Gedanke entlockte ihm ein Lächeln und zauberte
ein munteres Kinderlied auf seine Zunge.
Doch alles kam anders als gedacht.

Der Zufall: Glück oder Unglück, aus welcher Sicht man es
betrachtet, spielte ihm in die Hände.
Mit einem letzten alles umfassenden Blick, zurück auf sein
Werk das er geschaffen - den Menschen, die nun sein
Leben waren - die ihn achteten und verehrten, trat er aus
der Höhle - den Zeitenkanal.
Was dann geschah, war fern all seiner Vorstellungskraft.
Denn er fand Sie inmitten einer wüsten Horde - die ihr
offensichtlich nach dem Leben trachtete.
Üble Burschen - darunter auch die gnadenlosen
Steuereintreiber des Grafen.
Unbändiger Zorn und Empörung machten ihm Mut,
verliehen ihm ungeahnte Kräfte, ihnen furchtlos
entgegenzutreten.
Mit einer Waffe, die er nicht gebrauchen musste,
trieb er sie in die Flucht. So konnte er das geschundene

Opfer im letzten Moment aus den Fängen der zügellosen Bande retten und in Sicherheit bringen.

Er musste nur die Zeitenhöhle erreichen.

Noch wusste er nicht welchen furchtbaren Schaden sie erlitten hatte.

An einem einzigen Tag - in einer einzigen halben Stunde war ihr geregeltes, behütetes Leben nicht nur ins Bröckeln geraten, vielmehr schien es beendet.

Kapitel 2 Glück im Unglück

.

Mit langen Schritten trat er aus der Höhle - dem Zeitenkanal.

Auf den Armen trug er behutsam seine kostbarste Fracht, seine so lange ersehnte Liebste - sein Leben.

Doch der schwach glimmende Lebenshauch, schien zu erlöschen.

Verzweifelt hauchte er ihr zarte heiße Küsse auf Stirn und Wangen, als wollte er ihr von seinem Leben, seiner Kraft neues Leben einhauchen.

So sahen ihn seine Bewohner kommen.

Erstaunt und ungläubig strömten sie herbei und bildeten umgehend einen Kreis um ihn.

Ein leises aufgeregtes Gemurmel erhob sich und steigerte sich zu einem brausenden Ton.

„Was steht ihr da herum und glotzt blöde.

Seht ihr nicht wie dringend sie der Hilfe bedarf," fauchte er in seiner Not.

„Oh nein - nein sie ist noch nicht tot, auch wenn es euch so erscheinen mag," murmelte er, mehr zu sich selbst.

„Ich habe sie endlich gefunden und vor dem Teufel errettet. So richtet ein weiches warmes Lager für sie her, am besten im Rathaus, meinem derzeitigen Domizil.

Die erste Nacht werde ich an ihrem Bett Wache halten,

doch leider habe ich keine Erfahrung darin, Kranke zu versorgen wie ihr. Ihr müsst mir beistehen in der Not."
Drei Frauen lösten sich spontan aus der Menge.
„Oh ja Herr, wir werden ihre Pflege übernehmen und unser Bestes geben," beteuerten sie.
„Das Beste ist gerade gut genug, denn wisset, sie ist meine Göttin - eure Urmutter, die Göttin der Weisheit,"
fuhr er fort, ein wenig irr zu reden und verwirrt nach einer verständlichen Erklärung suchte.
„Sie ist verschüttet und unter den Trümmern begraben worden, als das Gemeindehaus noch nachträglich einstürzte, lange nach dem Gott die Welt vernichtete. Als sie nach langer Irrfahrt zu mir kommen wollte und mich suchte, flunkerte er.
Oh - wie lange ich sie schon vergebens suche.
So gebe Gott, dass sie bald schon die Augen wieder öffnet und erwacht.
Ich wäre euch sehr dankbar, wenn ihr sie künftighin gebührend pflegt und aufpäppelt.
Seht ihr euch dieser ehrenvollen Aufgabe gewachsen?"
„Ja Herr," beteuerten sie heftig nickend.
„Wir werden sie hegen und behüten wie unseren Augapfel."
.

Nun gut - doch, ob das genügt? dachte er, schließlich ist nur die beste Versorgung gut genug für sie.

Möglicherweise muss sie künstlich ernährt werden,
wenn sie nicht bald erwacht, doch damit wären sie total
überfordert, das mussten sie erst lernen.

Doch sie erwachte auch nach zwei weiteren Tagen nicht.
Besorgt überlegte er. So geht das nicht weiter,
sie wird sterben.
Ich schwanke noch, ob ich nicht besser einen weisen
Schamanen und im Gegensatz dazu eine wissenschaftliche
Assistentin aus der Neuzeit für ihre Genesung hinzuziehe.
Vermutlich wären beide angebracht.
Sollten sie mit ihrer unterschiedlichen Auffassung,
dem alten Wissen und der neuen Verfahrensweise zu
unstimmig sein, so werde ich gegebenenfalls auf den
Schamanen verzichten und mich bemühen, eine tüchtige
erfahrene Krankenschwester für sie zu gewinnen,
überlegte er, während er den Frauen zusah, die sich
eilfertig um sie bemühten.
Die fixe Idee mit dem Weisen Schamanen zu verwirklichen
jedoch, verwarf er schnell wieder.
.

Nun saß er wieder geduldig zwischen den Frauen.
Dennoch vermochte er sich nicht von ihrem Lager zu
trennen. Er hielt ihre Hand und strich ihr liebevoll über das
Gesicht, bis die Frauen ihn resolut fortschickten.
Er erhob sich nur widerwillig, mit den Worten: „Ihr solltet
alle mit mir beten, dass ein Wunder geschehe

und unsere Urmutter endlich wieder aus ihrem Todesschlaf
erwacht - die Augen aufschlägt und uns schaut und sieht,
dass alles gut ist, was wir Neues geschaffen haben.
Noch immer drängte sich täglich eine neugierige Gaffer
Schar im Eingang.
Das nötigte ihn, den Bau eines Gotteshauses anzuregen
und voranzutreiben.
Was die gläubigen Christen mit freudigem Eifer - großer
Hingabe und viel Enthusiasmus in Angriff nahmen
und liebevoll ausstatteten.
Nun konnten die folgenden Hochzeiten und Taufen
in angemessenen Rahmen zelebriert werden.

Kapitel 3 *Frühlingserwachen*

.

Die *ersten Kirsch und Apfelbäume waren wie durch ein Wunder, neu aus der Erde gesprossen* und trugen die ersten Früchte.
Alle zugewanderten Männer und Frauen hatten unterdessen geheiratet.
Nun ja - zu jedem Pott passt bekanntlich auch ein Deckel.
Jetzt lebten sie alle friedlich im Familienstand und pflanzten sich eifrig fort.
Bald würde eine neue Siedlung hinter Feldern und Bäumen entstehen.
Justins eigenes Haus, das zu bauen sich nun umso mehr lohnte, sollte mit viel Sorgfalt und Herzblut, nicht nur zu einem schmucken, behaglichen Heim gedeihen, eher einer Fürstenresidenz - gleich einem Palast erstehen.
Alles war sorgfältig durchdacht, es fehlte an nichts.

.

Mit einer feierlichen Zeremonie - einem Festumzug mit Gesang, Pauken und Trommelschlägen, übersiedelte er, die immer noch schlafende Carla in sein neues Haus.
Doch selbst die dröhnenden Pauken und Trommelschläge, hatten sie nicht zu wecken vermocht.
Im Haus erwartete sie schon die ausgebildete Fachkraft, die Krankenschwester, welche er kürzlich aus einer

Spezialklinik für Komapatienten aus dem 21. Jahrhundert
geholt, für einen guten Lohn und gutem Zureden.
Sie würde sich weiterhin aufopfernd um seinen Schützling
kümmern, die neben einer Hauswirtschafterin,
einem Koch und einigen Frauen aus dem Dorf, das Haus
belebten.
Wenn Carlas Genesung Fortschritte macht,
werde ich sie allein der Obhut der Frauen überlassen,
doch nicht ohne sie vorher von der kundigen Schwester
angelernt und geschult zu haben, sinnierte er.
Aber nein, das wäre ein Denkfehler, sie soll nur bleiben,
wenn möglich für immer, wir können dringend eine
fortschrittliche Medizinerin gebrauchen.
Sie könnte später Sprechstunden für die inzwischen
kränklichen Alten und überhaupt für jedermann mit einem
Zipperlein, abhalten, sowie die Wissbegierigen,
mit medizinischem neuem Wissen belehren.
Denn irgendwann wird auch hier eine Klinik entstehen,
mit Personal, welches Fachwissen benötigt.
Doch das ist Zukunftsmusik.
Wichtig ist jetzt einzig das Ergehen meines Liebchens.
Ich denke, sie alle zusammen werden meinen Schatz
gebührend versorgen, erfreuen sie sich doch unzähliger
Privilegien, beruhigte er seine aufgepeitschten Nerven,
das Richtige zu tun.
Jetzt, da keine Gefahr mehr für ihr Leben bestand,

wollte er sie unbedingt bei sich in seinem Gemach haben.
Die Frauen, die er nun nicht mehr so dringend benötigte,
hatte er für ein paar Stunden von ihren Aufgaben befreit.
Sie sollten ihre Familien nicht allzu sehr vernachlässigen.
Was sie dankbar begrüßten.

So war er zurzeit mit der Krankenschwester allein.
Wie so oft hockte er an ihrem Bett, hielt ihre Hand und las
ihr aus einem der wenigen Romane, die er besaß - vor,
nicht ohne stets auf eine Reaktion in ihren Gesichtszügen,
zu achten.
Bald bemerkte er eine kleine, kaum sichtbare Unruhe
an ihr. Ihre Hände bewegten sich unkontrolliert und unter
ihren Augenlidern, zeichneten sich lebhafte Träume ab,
die ihm anzeigten, dass ihr Gehirn noch arbeitete und sich
in ihrem Geiste noch etwas abspielte.
Doch scheinbar konnte sie nicht aus ihrer Hülle
ausbrechen, weil die dafür verantwortlichen Sensoren
im Hirn die Impulse nicht weiterleiteten.
So ist es doch nicht ausgeschlossen, dass sie mich hört
und sich nicht verständlich machen kann, mutmaßte er.
„Oh liebste Carla, wenn du mich hörst, so gib mir ein
Zeichen, zwinkere mit dem rechten Auge.
Hörst du mich Liebste, so zeig es mir."
Gebannt starrte er auf ihr Gesicht, doch das kaum sichtbare

Zeichen, nicht länger als ein Wimpernschlag, überzeugte ihn lange nicht.

Er ersehnte sich ein klares, sichtbares Zeichen.

Endtäuscht löste er seine Hand aus ihrer Hand, die er bei jeder Gelegenheit zu wärmen und zu massieren pflegte. Denn sie war sein Geschöpf - seine Kreation.

Er richtete seinen Stuhl ins Licht und versuchte sich wieder in seinen Text zu vertiefen.

Doch seine Sinne vermochten die Zeilen nicht mehr zu erfassen.

Ach, wenn sie doch bald erwachte, dachte er voller Ungeduld, wie jeden Tag.

Und wenn sie niemals mehr erwacht, weil in ihrem Kopf zu viel zerstört ist? Bohrte sich diese unangenehme Vermutung in sein Hirn.

Ich habe schon von Wachkomapatienten gehört, die jedoch niemals ins Leben zurückfanden.

Eine düstere Wolke, ein Hauch Eiseskälte, senkte sich über ihn und wollte ihn erdrücken.

Während er oft stundenlang ihr liebliches Gesicht betrachtete, erschien sie ihm in ihrer kindlich - reinen Engelhaftigkeit, mit ihren Platinblondem Feen Haar, welches wie Sonnenstrahlen über das Kissen und manchmal bis auf den Boden flutete und wie ein Märchenwesen anmutete - wie ein Engel.

Doch sie war gewiss kein Engel. So konnte sie nüchtern,

gnadenlos ehrlich sein - sagte immer was sie dachte,
hielt mit Spaß und Hohn nicht zurück, wenn es angebracht
war.
Aber gerade, dass machte sie aus.
Denn keine andere wagte es, so mit ihm zu reden.
Sie sprühte ihr perlendes Lachen zur Versöhnung aus,
so dass er nie wusste - lacht sie mit mir oder über mich.

Platz war genug vorhanden, denn die Erde war wüst
und leer. Doch den Menschen drängt es nach Gemeinschaft
und Geselligkeit.
So klebten die Gehöfte viel zu dicht aneinander.
Bald schon würden sie bereuen - nicht mehr Platz
für Stall, Hof und ausreichende Gärten eingeplant
zu haben.
Denn unsinniger Weise war nichts so reichlich vorhanden,
wie offenes Land.

Die neue Siedlung hatte sich indessen enorm vergrößert.
Ständig wurde ein neues Haus errichtet, gemäß dem
Bevölkerungszuwachs - gebaut aus schwarzen
Häuserruinen - Steins brocken, die *zuhauf* zu Verfügung
standen. Die jedoch weißgetüncht, ein angenehmes Bild
abgaben.
Nun, sie waren gewiss keine Villen, jedoch stabil
und winterfest.
Immer wieder musste Justin Bauholz aus der
Vergangenheit heranschaffen, denn ohne Holz konnte kein
neuer stabiler Dachbau funktionieren.
Denn die Bäume, die sie gleich zum Anfang angepflanzt
hatten, wuchsen nur recht langsam heran und konnten,
wenn überhaupt nur als Brennholz verwendet werden.
So wurde nur das Geäst für die Verwendung für die Öfen
erlaubt, um zum Kochen - Brot backen und Heizen,
das Leben einigermaßen behaglich zu gestalten.
Wohingegen Bausteine reichlich vorhanden waren.
Eine neue Siedlung erstand außerhalb der scheußlichen
Ruinen.
Einige findige der jungen Familienväter, mühten sich, das
Geröll zu einem Berg aufzuhäufen, welches sie mit Erde
bedeckten. So schafften sie einen künstlichen Berg als

Sichtschutz zwischen den unschön anzusehenden Ruinen und in ihrer neuerbauten Siedlung, der nun zum größten Teil den grässlichen Anblick verdeckte.
So zogen sich ihre Wohnstätten immer weiter ins offene Land.

.

Die Geräusche der Sägen und Hämmer und dazu der muntere Gesang der Burschen, ersetzte die flotte Discomusik aus dem Transistorradio, welche die Handwerker der Neuzeit beflügelte.
Sie schufteten gerne, denn es galt ja, das eigene Heim für die Liebsten zu schaffen.
Das Gemüt war frei, keine Steuereintreiber,
die einem noch stehlen wollten, was man gar nicht besaß.
Keine Kriegseinfänger, die sie zwangen, ihre Familie zu verlassen, um abgeschlachtet zu werden.
Keinerlei Repressalien, womöglich in den Hungerturm gesperrt zu werden.
Hier waren sie frei, wie der Vogel im Wind,
brauchten nur für ihre Sippe zu sorgen und die Kirchenkollekte und das Gemeindehaus sowie das Krankenhaus, welches für jedermann mit einem Gebrechen offenstand, erübrigen.
Justin nannte es: Die Steuer für das gemeine Volk.

So dachte Hannes, ein ehemaliger Krieger - Lanzenträger aus dem Fußvolk der ersten Reihen, als sich sein Gesicht erhellte. Wenn er seine jüngst angetraute Gattin mit dem Blechnapf voll duftendem Ragout und einem deftigen Batzen frischgebackenen Brotes kommen sah.
Welch ein Glück für ihn und die anderen,
dass der Herr Jesus, wie sie Justin heimlich
nannten - ausgerechnet sie damals aus ihrem Elend
geholt hatte.
So brauchte keiner mehr Hunger und Not erleiden.
Anfangs glaubte Hannes und einige der anderen: Der hohe Herr, ihr Wohltäter, der sie errettete, wäre wahrhaftig der gütige Gott in Menschengestalt - der gerade Sie, ausersehen hatte, das zerstörte Paradies wieder aufzubauen.
Nun denn, sie waren mit Freude dazu bereit.
Doch ihre alten Bräuche behielten sie bei.

.

Kapitel 5 Ehre sei Gott

Alle stolzierten an Sonn und Feiertagen in ihrem
schönsten Sonntagsstaat mit Weib und Kinderschar in
das neue Gotteshaus.
Alle Männer im Ort hatten inzwischen Frau und Kinder.
Nur Einer ging stets allein.
An seinem Arm führte er keine Gattin, die mit ihm
inbrünstig die Auferstehung Christi besang.
Von den göttlichen Wundern der Güte und
Barmherzigkeit, sang und betete die gesamte Gemeinde,
insbesondere der Pastor „Justin" selbst.
Zum Abschluss segnete er die Gemeinde, um sie von
allen Sünden und Sorgen zu befreien.
Nun Ja - für eine Woche, doch seine Sorgen konnte ihm
keiner nehmen.
Bedrückt und beklommen, stapfte er in sein stilles Haus,
in dem das Schweigen ihn zermürbte.
Er war nicht mehr allein, ein Geisterwesen,
lieblich und schön wie die Sonne, wartete auf seine
Auferstehung. Gleichsam den Raum erhellend,
doch mit ausdrucksloser Mine, wie eine Puppe ohne den
faszinierenden Blick aus ihren strahlenden grünen
Augen. So nahm er ratlos seinen Platz neben ihr wieder
ein und wartete auf ein Wunder.

Justin störte die alte Gewohnheit und die umständliche Art der Siedler, zusätzlich zu ihrem Wohnhaus, zum Kochen und Backen, auch noch ein weiteres Backhaus zu errichten.

So ergab sich manche hitzige Diskussion, den Unsinnig und unpraktischen Brauch abzuschaffen - das Backhaus in das Wohnhaus zu integrieren.

War es doch eine unnötige doppelte Verschwendung von kostbarem Holz.

Doch letzten Endes sorgte Justins autoritäres Auftreten dafür, seinen Willen durchzusetzen.

Der Backofen und die Kochstelle worden fortan im Hause eingerichtet und ersparten damit viele Wege und eine Menge Brennholz, das nun nicht mehr doppelt verschwendet werden musste.

Die Zeit verging.

Lustlos werkelte Justin im Haus, um es weiter zu verschönern.

Die Ideen dazu gingen ihm nicht aus, Küche und Bad sollten perfekt nach dem neusten Stand sein.

So beschaffte und legte er Rohre, um zwecks einer Pumpe, den Bach anzuzapfen. Dazu musste er immense Gräben buddeln, um sie danach wieder zu zuschütten.

Was die Bewohner zu unverständlichem Kopfschütteln

veranlasste.

Doch trotz seiner unermüdlichen Plackerei, versäumte
er nicht, täglich an ihrem Lager - Wache zu halten.
Wenn sie doch endlich aus ihrem Koma erwachen würde.
Seine Geduld war nicht unerschöpflich.
Er wollte nicht für ewig seine kostbare Zeit neben einer
lebenden Leiche vertrödeln.
Zudem war sie bestens versorgt in der Obhut von Hanne,
die sich nach dem Kirchgang, schweigend neben ihm
niedergelassen hatte.
Zögernd räumte er seinen Platz neben ihr. So viel Arbeit
wartete auf ihn.
Bei einem letzten bedauernden Blick auf Carla, bemerkte
er eine kleine Veränderung in ihrem Gesicht.
„Sieh nur Hanne, sie zuckt mit den Lidern und bewegt
die Hände, mir scheint, dass sie nun bald die Augen
öffnen wird!"
„Das jedoch prophezeite die Pflegerin schon seit
Wochen, alles wird schon - sie müssen nur Geduld
haben," leierte sie, die ewig gleichen Worte.
Doch seine Geduld war lange überstrapaziert,
sie hatte Grenzen. Ungeduldig und ratlos bedrängte er
sie mit immer den gleichen Fragen.
„Oh guter Mann, es kann jeden Moment geschehen,
dass ihre liebe Gattin wieder zum aktiven Leben erwacht.
Ich habe aus meiner langjährigen Erfahrung,

so ein gutes Gefühl. Doch kann es noch Tage oder
Wochen dauern!"
Was ihm ein resignierendes Schulterzucken abverlangte.
So stürzte er sich wieder in seine Arbeit.
Er tüftelte, sägte und bohrte. Jeder Handgriff passte.
Bald würde ein begehbarer Schrank für ihre
Bequemlichkeit, ein weiteres Möbelstück ergänzen.
Nur bei der kniffligsten Arbeit, konnte er für eine Zeit,
seine Kümmernisse vergessen.

Kapitel 6 Zurück ins Licht

Erst dämmerte ich im tiefsten Nebel, ohne Verbindung zum Sein.

Doch bald begannen die Träume.

Etwas fürchterliches geschah.

Hässliche Fratzen - Teufelsgestalten zwangen mich in eine tiefe Grube ohne Licht.

Ich konnte nichts mehr sehen und hören.

Meine Augen waren blind. Ist das der Tod?

Bin ich begraben in der kühlen Erde, für immer?

Doch schon bald dämmerte Licht im Dunkel.

Mein Kopf schmerzte entsetzlich, als wäre er zu Brei zermalmt. Auch hörte ich Stimmen, ein Murmeln nur.

Bittere Flüssigkeit wurde mir eingeflößt.

Ich verschluckte mich und begann zu husten.

Die Erde erdrückte mich, doch ich konnte mich bewegen.

Nein - ich bin nicht tot, denn ich fühle Wärme und höre Stimmengewirr.

Bisweilen wurden die Stimmen lauter.

So weck mich doch endlich auf!

Doch meine Augenlider waren bleischwer, ich konnte sie nicht öffnen.

Mein Gott, ich will leben...

Ich bin nur in einer Hülle gefangen, aus der ich nicht

auszubrechen vermag.

Ich weis nicht, wie lange dieser Zustand anhielt, bis ich mit aller Kraft die Augen öffnen konnte. Doch ich war schwach, so schwach.

Meine Glieder wie taub - mein Kopf zu schwer, um ihn zu heben.

Wie durch einen Nebel, sah ich unbekannte Gesichter, mich aufmunternd anlächeln.

Mühsam brachte ich krächzend heraus,

„Wo bin ich hier?"

Diese wenigen Worte hatten eine enorme Wirkung.

Die Stille wurde abrupt zu einem ohrenbetäubenden Brausen, das ich zunächst nicht verstand.

„Sie ist wach, mein Gott, sie ist von den Toten auferstanden!"

Ein Jubelschrei aus mehreren Mündern, der sich zu einer Stimme vereinte.

Wortfetzen die ich nicht einzuordnen vermochte.

Stühle - rücken, Gerenne und Rufe wurden laut.

„So holt doch den Herren, sagt ihm: Sie ist aus ihrem Koma erwacht," hob sich eine Stimme hervor.

Ein Mann beugte sich strahlend, lächelnd über mich.

„Carla - oh meine Göttin - mein Ein und Alles - du bist mir wieder gegeben.

Ja ich bin es, Justin - aber erkennst du mich denn nicht?"

Ich schüttelte erschöpft den Kopf.

„Nein dich kenne ich nicht," wisperte ich unter Tränen.
Und dennoch war da etwas vertrautes an seinem
Erscheinungsbild. An seinem Wesen, die
einschmeichelnde Stimme, dem spöttischen Grinsen
und nicht zuletzt, der typische männliche Gang.
Als hätte es vor langer Zeit eine Verbindung zwischen
uns gegeben.
„Warum bin ich hier? Wo ist meine Familie und meine
Freunde?"
Ich weis nicht, ob ich die Worte richtig zusammensetzte.
„Deine Freunde sind hier, schau nur wie sie sich um dich
sorgen und ich bin dein Mann!" fügte er hinzu.
Er sprach weiter - verwirrende Worte, die kaum in mein
Hirn drangen.
Er begann zu erzählen, seine Fantasie,
war unerschöpflich.
Für mich war es eine unendliche Geschichte, die mich
zu betreffen schien, nur ein Hörspiel in Romanfassung,
wie aus einem Buch vorgetragen.
„Erinnerst du dich denn nicht ein kleinwenig an mich?"
Das war zu viel auf einmal, für meine eingerosteten
Sinne.
Eine verwirrende Flut von Ausdrücken, die mich
überforderten und ermüdeten.
„Lasst mich allein - lasst mich alle allein - geht hinaus,
ich muss nachdenken."

Doch es ging nicht, ich konnte nicht denken.
Alles war in meinem Kopf durcheinander.
Ich hatte keine Vergangenheit mehr, außer einem
Hörspiel in Roman - Fassung, wie aus einem Buch
vorgetragen. Alles wirkliche Reale war verloren.
Der Mann verließ widerstrebend den Raum.
Ich wusste er würde bald wieder kommen.

Meine Finger betasteten meinen dummen Hohlkopf,
der mich so arg im Stich ließ.
Wo war mein Gedächtnis geblieben - all das
Gespeicherte?
Hatte ich einen Tumor? Eine misslungene Operation?
Ich erschrak. Wo war mein Haar - meine lange Mähne
geblieben? Es war fort!
Irgendjemand hatte es aus praktischen - notwendigen
Gründen abgeschnitten.
Oh je - auch das noch. Werde ich nun als Kahlkopf
auferstehen?
Doch sogleich stellte ich meinen Irrtum fest. Es war nicht
verschwunden, sondern zu einem festen Zopf geflochten,
der sich über das Kissen schlängelte.
Wer hat ihn geflochten? Ach ja, natürlich Er - mein
Liebster, der ja immer mit großer Leidenschaft meinen
Zopf flocht.

„Wie lieb von dir, mein unbekannter - aeh - vergessener
Gefährte, dass du mich frisierst und mein Haar so
sorgfältig flechtest, dass es nicht verfilzt!" sagte ich,
dankbar lächelnd.
„Oh - nein, nicht ich war es, denn ich kann gar nicht
flechten!" verneinte der Justin kopfschüttelnd.
„Dann kannst du nicht mein Liebster sein,"
entgegnete ich.
„Aber ich verstehe nicht, was du mir damit sagen willst,
für das Frisieren sind doch die Frauen zuständig,"
betonte er.

Meine ersten Zweifel, ob er der Richtige war,
waren geweckt. Doch sie verflogen schnell wieder,
als er leidenschaftlich sagte.
„Hast du mir nicht einst versprochen,
egal wie es kommt, - den Weg in die Zukunft mit mir und
nur mit mir zugehen"?
Wenn du das sagst, muss es wohl so gewesen sein,"
murmelte ich nachdenklich.
„Bedenke doch mal," sprach er weiter. „Ich habe im
letzten Moment dein Leben retten können,
als die Schergen des Grafen dich töten wollten.
Woraufhin wir, um der Verfolgung zu entgehen ins All
starteten. Bei unserer Rückkehr fanden wir unsere Erde

leblos vor, alle waren gestorben.
Die Ruinen, die wir vorfanden, die noch standen,
begannen nach und nach einzustürzen.
Wobei du verschüttet wurdest. Ich habe dich fieberhaft
gesucht. Oh - je, wo ich dich überall gesucht habe
und dich endlich finden und bergen konnte.
Du warst in einem erbarmungswürdigen Zustand - mehr
Tod als lebendig. Dein Kopf war unter einem großen
Steinbrocken eingeklemmt," log er.
„Seitdem liegst du in einem tiefen Todesschlaf,
woraus du nun endlich erwacht bist!"

Der nette smarte Mann hob mich aus den wärmenden
Decken und trug mich in dem fremden Haus herum.
„Oh je, du bist ja so leicht wie eine Feder - bist ganz dünn
geworden! Nun sieh dich um, hier ist dein zuhause.
Hier lebst du mit mir, so lange schon," belehrt er mich
mit leuchtenden Augen.
„Aber alles ist so fremd. Ich erkenne nichts wieder."
stammelte ich.
„Ach das kommt schon noch. Bald wirst du dich wieder
an alles erinnern und wenn nicht, so werde ich dir
alles Haarklein erzählen.
So bist du mir nun ein zweites Mal gegeben," säuselte er
und zog mich zärtlich - besitzergreifend an sich.
Während ich in hellen Flammen loderte, als seine Haut
mich berührte, so dicht Haut an Haut, dass die Lust

in mir erwachte und heiß in den Adern pulsierte.
Nicht nur heute, sondern immerdar.
So war mir, als wäre ich nun endlich erwacht.
Das Leben hatte mich wieder.

Fortan erzählte er Tage - Wochenlang von unserem
Leben, lullte mich in Sicherheit,
log, dass die Balken sich bogen.
Allmählich begann ich ihm zu glauben.
Ich wusste es ja nicht besser und reimte mir alles
zusammen. Das Erzählte formte sich in Zeitabläufe.
So und nur so muss alles gewesen sein.
Doch keine rechten Erinnerung wollten sich einstellen.
Alles war und blieb mir fremd, als hätte ich es nie erlebt
und gesehen.
Wie kann das sein? Etwas muss es doch geben, das mir
vertraut erscheint.
Das Sprechen fiel mir zunächst noch recht schwer.
Ich weis nicht, ob ich immer die richtigen Worte fand,
um mich gemäß auszudrücken.
In meinem Kopf war noch immer eine folternde Leere.
Keiner kann nachvollziehen, wie grausam es ist,
keine Vergangenheit zu haben.
Obwohl Justin mit Engelszungen versuchte,
mir ein lebendiges Bild zu schaffen.
Doch all die vielen Leute, die mir täglich ihre Aufwartung
machten und mir freundlich, doch distanziert

entgegentraten, waren mir fremd.

„Das sind mit Sicherheit nicht meine Freunde,"
klagte ich Justin.

„Sie benehmen sich eher wie Untertanen eines
Regenten, aeh - nun ja, so unterwürfig - beinahe wie
Leibeigene. Was hast du mit ihnen gemacht, dass sie uns
geradezu anbeten?
Und dazu diese merkwürdige Kleidung die sie tragen.
Diese hinderlichen langen Röcke aus schwerem Leinen
und die unbequemen steifen Hauben auf ihren Köpfen.
Ebenso wie die unschicklichen, knielangen Beinkleider
der Männer, darunter sie die gebundenen Kniestrümpfe
trugen, wie man sie im Mittelalter trug.
Obwohl du behauptest, wir waren weit in der Zukunft,
am Ende der Welt - am Ende der Zeit?"

„Nun ja, gewissermaßen sind sie auch so etwas
wie Leibeigene, denn sie waren völlig
abhängig von mir.
Doch keineswegs sind sie Sklaven, denn sie sind frei.
Allerdings habe ich sie aus der Sklaverei befreit - damals.
Sie danken es mir auf ewig mit unerschöpflicher Treue
und Ergebenheit ohne irgendeinen Zwang.
Ach, du weißt ja gar nicht wie alles dazugekommen ist.
So lass mich dich aufklären.

Alles begann mit dem schrecklichen Inferno,
der Zerstörung unserer Welt.

Damals verloren wir all unsere Freunde.

Sie alle sind umgekommen, damals als das Unheil geschah und alles Leben vernichtete, während wir einen Sternenausflug machten.

Die Menschen hier sind importiert und zusammen gewürfelt aus verschiedenen Zeiten.

Sie alle waren von Kriegen, großer Not und Hunger bedroht."

Was meint er nur mit den verschiedenen Zeiten?

Dachte ich verwirrt und vergaß es wieder.

Denn er sprach ohne Pause weiter.

„Hier haben sie eine neue bessere Zukunft gefunden.

Wir jedoch sind schon eine halbe Ewigkeit zusammen.

Denn wir sind sehr lange schon vermählt.

Oh, wie verliebt wir waren und sind es immer noch, oder etwa nicht?"

Oh, ich kannte ja seine Tricks als Charmeur und Frauen-.Aufreißer nicht.

Ich zuckte die Schultern.

„Nun ja, ich mag dich auch sehr, doch du erscheinst mir, als wenn du plötzlich, oder immer schon da warst und ich dich niemals irgendwo oder irgendwann kennengelernt und mich unsterblich in dich verliebt hätte. Da fehlt etwas in meinem Gefühl.

So hast du nie mein Herz zum Hüpfen und mein Blut in Wallung gebracht.

Eher ist es so, als hätte es dich schon immer gegeben,
wie etwa einen Bruder.
So erklär mir das alles, aber so, dass ich es auch
verstehen kann."
„Ja du hast recht, du musst es ja wissen, was um uns
Unglaubliches - Entsetzliches geschehen ist und wie alles
begann." seufzte er, tief einatmend.
„Also, wie ich schon sagte: Die Erde explodierte.
Was schon vor Millionen Jahren hätte passieren können.
Sie war zwar völlig zerstört und verwüstet,
doch nicht in ihren Grundfesten auseinandergebrochen
und zersprengt.
Weil die Feuersglut und das Gas in ihrem Inneren,
nicht ausreichend hinaus dringen kann - also der Druck
zu groß wurde.
Doch nicht nur in ihrem Inneren drängte die Hitze,
auch auf der Oberfläche pulsierte mehr und mehr
eine Lufterwärmung, die zerstörende Kohlenstoffdioxid -
C.O.2 genannt, woran der Mensch den Hauptanteil trug.
Doch durch Vulkanausbrüche, konnte die Erde im laufe
der Zeit, sich im Erdinneren gelegentlich entladen.
Würde das nicht gelegentlich geschehen,
würde sie zerspringen, in viele kleine Brocken.
Stell dir vor - einer der größeren Brocken würde unseren
nächsten Trabanten, wie zum Beispiel den Mond fortan
umkreisen, darauf würde ein Jahr - um vieles kürzer

werden. Und stell dir weiter vor, wir besiedelten diesen
kleinen neuen Kometen und er wird aus der Bahn
geworfen und schießt wie ein Pfeil durch das All,
bis er auf einen anderen Planeten trifft
und mit ihm verglüht.
Keiner weis wie viele belebte Planeten schon erstanden
und wieder vergangen sind in der ewigen Zeit,
allein in unserem Sonnensystem.
Denn die Zeit vor und nach uns ist unbegrenzt.
Wer aber hat den Hebel zum Urknall des Universums
gestellt?"
Hier machte er eine Pause.
„Schön vorgetragen Herr Professor.
Man sieht, du bist ein echter Sternenreiter.
Aber ich gewiss nicht. Doch ich wollte nicht wissen was
sein könnte, sondern wie alles mit uns begann,"
unterbrach ich seinen belehrenden Vortrag.
„Ach, ich schweife schon wieder vom Thema ab.
Was willst du noch. Habe ich dir nicht einen Palast
erschaffen mit Diener und Zofe und allem was du dir
wünschst?"
„Ja O.K. dafür bin ich dir auch dankbar.
Doch du bist ein Phantast, überkandidelt
und der Normalität entrückt - ein Weltverbesserer,
glaubst dich unfehlbar.
Doch du hälts mich verborgen von dem wirklichen Leben,

wie Theater besuchen, Kino, Tanzbällen und ...,"
Mir fehlten die Worte, denn all das schwirrte in mir,
wie ein verschwommener Traum.
„Ah - sieh an, du erinnerst dich also an die Bälle
und den ganzen Trubel auf dem Schloss,"
entgegnete er aufhorchend.
„Auf welchem Schloss, ich habe bisher noch kein Schloss
gesehen, wo ist es denn?"
„Nun, es ist wie alles andere zerstört,"
log er, ein wenig aus der Fassung gebracht.
Doch er fasste sich rasch wieder und änderte
schnell das Thema.
War mir auch vieles unverständlich, wie zum Beispiel
die Neubesiedlung der Menschen, die er aus anderen
Zeiten geholt zu haben behauptete, hegte ich kein
Misstrauen und fügte mich Gottergeben.
Alles würde sich eines Tages aufklären.
.
Ich brauchte nicht lange, um mich zu erholen.
Zudem trieb mich meine Neugierde und Ungeduld,
die nähere Umgebung zu erforschen.
Doch er behinderte mich in meinem Erkundungsdrang
und begleitete mich auf all meinen Wegen,
als hätte er nichts anderes zu tun.
„Du lässt mich keinen Schritt allein gehen,
als hättest du etwas vor mir zu verbergen,"

sagte ich dann.

„Ich sorge mich eben um dich, ich will dir immer Geborgenheit geben."

Doch in Wahrheit peinigte ihn die Furcht - ich könnte das Zeitentor entdecken und plötzlich verschwinden.

Das konnte er nicht riskieren.

Denn sie war sein Geschöpf - seine Kreation, perfekt nach seinen Wünschen, ein Leckerbissen für die Augen.

Für sie durfte es nie einen anderen geben.

Doch er wollte ihre Natur, ihr Wesen nicht verbiegen, denn dann wäre sie nicht mehr „Sie".

Freilich könnte er, wie er es schon so oft in der Vergangenheit getan hatte, das Zeitentor unpassierbar machen, indem er den Robby entfernt.

Denn die Höhle - der Zeitkanal wäre ohne Robby den Zeitenlenker nutzlos und nicht mehr als nur eine muffige Höhle, wie jede andere auch.

Das jedoch würde ihn selbst bei seinen häufigen Touren in die Vergangenheit behindern.

Zudem hätte es fatale Folgen, würde sie eines Tages bemerken, dass er sie unter Zwang bei sich behalten wollte und ihre Zuneigung würde in Hass umschlagen.

Das jedoch konnte und wollte er nicht geschehen lassen.

Dennoch brachte er es nicht über sich, ihr die Höhle zu

zeigen und ihr deren Funktion zu erklären.
Jetzt noch nicht, später - bald, nahm er sich vor.
Doch später konnte zu spät sein.

Kapitel 7 Die Wahrheit hinter der Lüge

So vieles war mir noch unklar.

Ich fieberte darauf alles zu erfahren.

Doch von ihm erfuhr ich keine plausiblen Antworten.

So spekulierte ich wie alles hätte sein können - der Anfang unserer Zeit.

Damals, als all das Schreckliche noch nicht geschehen war.

Wann war ich in sein Visier geraten?

Wie begann unsere Turtelzeit?

Wo hatten wir uns kennengelernt und so heftig ineinander verliebt?

War es in einer verrauchten, schummerigen Pinte, in der wir wie alle anderen gekifft - wenn ein Joint die Runde machte - der die Sinne vernebelt oder aufputschte, uns vereint und hatten es für Liebe gehalten.

Oder wir hatten uns gar in solch einer verrufenen Lasterhöhle kennen gelernt?

An viele dieser gemütlichen Kneipen der Sechziger und frühen Siebziger Jahre, konnte ich mich merkwürdiger Weise noch, wenn auch schwach erinnern und spürte noch immer einen wohligen Ruch - von Magie - Sünde und Verderbtheit.

Gab es da auch einen schmachtenden, umwerfenden Kavalier wie Justin, der mein Herz eroberte?

Doch ich entsann mich hauptsächlich an den aufdringlichen

Störenfried, den Starfotografen,
der durch seine Hartnäckigkeit, ja wohl dann für meine
Karriere als Topmodel gesorgt hatte.
Ebenso besann ich mich an die überheblichen Rocker,
die wild und ungebändigt auftraten
und ihre Schau abzogen, doch im nächsten Moment,
als sie mich erblickten, brav und züchtig auftraten - sich
zurückhielten und keiner der sonst coolen, rebellischen
Burschen mich anzubaggern wagten.
Weil keiner sich der Blamage und dem hämischen
Gelächter der anderen, kalt abgewiesen zu werden,
aussetzen wollte.
Ich war wohl recht einsam und unglücklich damals,
was sicher keiner ahnte.
Wenn ich auch bejubelt im Rampenschein - dem
Blitzlichtgewitter, lächelnd standhielt.
So war ich doch unantastbar - tabu, ja klinisch steril,
einer makellosen Madonna gleich, mit einem Ruch
von Heiligkeit, als lebende Ikone ohne Starallüren.
Doch hier endete meine Erinnerung,
als hätte jemand einen Hebel umgestellt,
so sehr ich mein Hirn auch marterte.
.

War das mein Leben, aus dem Justin mich befreite?
Oder hat er gar, wie es früher üblich war, brav bei meinem
Vater um meine Hand angehalten?

Aber sind meine Eltern nicht schon sehr früh verstorben,
so dass ich meinen Weg allein suchen musste.
War es Justin, der mich aus diesem ungeliebten
Scheinleben herausgeholt, mich mit seinem Charisma
geblendet und verführte, in dem er seinen ganzen Charme
spielen ließ?
So viel offene Fragen die mich plagten.
Nun jedenfalls sorgte Justin dafür, dass wir alle Wege
gemeinsam gingen, was zunächst sehr beruhigend
anmutete.

Wenn sie an der starken festen Hand des großen mächtigen
Bosses daher stolzierte.
Mit wippendem Pferdeschwanz, der ihr bis über den Po
reichte, mit neugierigen Kinderaugen
und einer unbekannten Sehnsucht im Blick.
Wenn alle am Weg stehen blieben und ihnen sinnend ,
verträumt, mit verklärtem Blick nachschauten.
In seinem Blick jedoch spiegelte sich keine väterliche
Fürsorge, sondern Begehren, Entzücken und Besitzerstolz.
Für die anderen war und blieb er der große mächtige
Führer - der alles wusste und konnte,
alles organisierte und bisweilen merkwürdiges Teufelszeug
benutzte.
So sahen sie ihn mit einem sprechenden Kasten,

aus dem auch Musik erklang, hantieren.

So wie mit einer seltsamen Säge, die ohne Anstrengung selber sägte.

Sie staunten, wenn er mit einem lärmenden Gerät, Nägel und Schrauben, die einzig durch Berührung eines geheimnisvollen Säbels - mit langen Dübeln, selbst in tiefste Teile drang und sie fest miteinander verband.

So bewerkstelligte er in kurzer Zeit, kräftezehrende Arbeiten, für die sie Stunden, ja bisweilen Tage benötigten.

Es war ein elektrischer Schlagbohrer und ein Schraubendreher, so wie eine akkubetriebene Säge.

Ganz abgesehen von den Generatoren, die er für Heizung, Fernseher und Computer benötigte.

Auf Elektroherd und Waschmaschine verzichtete er wohlweislich, um des aktiven Kochs und der fleißigen Waschfrauen Genüge zu tun.

Denn ein Herd ohne Feuer ist ein Ding, das nicht geht.

Zudem schon ein Streichholz oder ein simples Feuerzeug unsichtbar zwischen den Fingern entzündet, Staunen zwischen den Handwerkern hervorrief.

Doch er war nicht willens, diese Unerklärlichkeiten auszuräumen und für alle die Weichen umzustellen.

Sollten sie noch eine Weile wie im Mittelalter weiterleben, nach ihrer herkömmlichen Art

und sich erst allmählich an die Vorzüge der neuen Technik und Errungenschaften des Fortschrittes gewöhnen.
Denn all das Neue, passte nicht in ihre rückständige Zeit, der zerstörten neu zu erschaffenden Welt.
Es würde noch lange Zeit dauern, die sie brauchten, bis sie die Jahrhunderte, die es benötigen würde, aufholten.

Mein Gott, jetzt ist alles verschwunden, wonach der Mensch zigtausend Jahre gestrebt hatte.
Luxushotels, herrschaftliche, prunkvolle Theater, Museen, Kunstgalerien, Hochhäuser mit Fahrstuhl, die gesamte Computerwelt, ebenso die praktischen Smartphone und alles was dadurch möglich war, die alles konnten, doch zurzeit hier nutzlos waren.
Justin jedoch besaß noch so einen intakten Computer in seinem Raumschiff.
Er sagte mir : „Früher geschah alles über den Computer, jedwede Kommunikation, wie Waren bestellen, nebst Lieferungen aus aller Welt - wie Geschäftsverbindungen.
Der Computer ist allwissend. Er kann gar, das wirkliche Zeitenalter berechnen. So lebten wir jetzt im Jahre ... 2900.“
„Meine Güte, so haben die Menschenkinder noch nicht

einmal das Jahr 3000 erreicht, bevor sie ihren Lebensraum selbst zerstörten.“

Ich allerdings konnte mich nicht beklagen,
unser komfortabler Palast, war mehr als perfekt
und ließ keine Wünsche offen.
Ein fürstliches Bad aus Mamorbecken - Ablagen
und Fensterbänken und goldblitzenden Armaturen.
Selbst meine geliebte Badewanne fehlte nicht.
In der Wanne entspannt, konnte ich die ganze Pracht
ausgiebig genießen, träumen und meine Gedanken
schweifen lassen.
Wie war dieser ganze Luxus möglich?
Wie und wo hatte er all diese Pracht erstanden?
Wo auf dieser Welt gab es noch unversehrte Marmor
vorkommen?
Nun ja, zugegeben, weil er viel unterwegs war,
hatte er so manches entdecken können, doch war er immer
allein unterwegs.
Noch immer las er mir jeden Wunsch von den Augen ab.
Doch meine Wünsche waren bescheiden, wozu brauche ich
ein Marmorbad?
Mein Leben war problemlos und behütet.
Wenn da nicht diese unerklärlichen Sehnsüchte nach etwas
verlorenem mich begleiteten und bedrückten.
Doch alles im allem war ich zufrieden.
Ich kannte es ja nicht anders. Ich war ihm sehr zugetan,

um nicht zu sagen, ein wenig verliebt.

Zudem er durch seine imposante Erscheinung glänzte.

Auch strömte er eine unwiderstehliche Anziehungskraft
aus, der ich mich nicht entziehen konnte.

Nun ja, die große Liebe war es dennoch nicht bei mir.

Da fehlte etwas, wie Schmetterlinge im Bauch
und Herzklopfen bis in die Ohren, wenn ich ihn kommen
sah oder wenn er bei mir war.

Aber wer erlebt schon die einmalige große Liebe.

Vermochte er auch mit seinem angeborenen Witz,
Esprit und Charme zu betören.

So konnte er auch im Gegenzug, herrisch, eiskalt
und arrogant sein, um seine Meinung durchzusetzen.

Ein Angeber - grandios und manchmal überheblich in seiner
krankhaften Manie, seit ich in sein Visier getreten.

Ich nahm alles gelassen hin, um den Hausfrieden nicht zu
stören.

Ich begnügte mich nicht, nur im eigenen Haus
zu wirtschaften, denn da war alles geregelt - lief auch
ohne mich wie am Schnürchen, wenn ich auch gelegentlich
Möbel umstellte und alles nach meinen Vorstellungen
gestaltete.

Viel mehr sah ich meine Aufgabe, wo es nötig war,
einzugreifen.

Unermüdlich mischte ich mich unter das inzwischen
beachtlich angewachsene Volk.

Dort werkelte ich zupackend, organisierte, schlichtete
Streitereien, verbesserte altherkömmliche Gewohnheiten,
kurz, ich machte mich unentbehrlich.
Denn ich sparte nicht an Lob und Überraschungsgaben,
Dinge des täglichen Gebrauchs, die sich bei uns anhäuften.
Meine Güte, wo gab es hier noch Einkaufsmöglichkeiten
solchen Ausmaßes und in der Auswahl, wenn doch alles
zerstört war? Dachte ich bei jedem neuen Geschenk
von Ihm.
Ach, soll er nur glauben, dass ich nur meinen Vorteil
darin sehe und gedankenlos genug bin,
alles ungefragt anzunehmen.
Gern machte er ein Geheimnis daraus.
Seine Fantasie, mir etwas vorzuspinnen und glaubhaft
einzureden, war unglaublich clever und ausgerichtet
mich ebenfalls zum Schwindeln anzuregen.
So schwieg ich lieber.
Nicht nur mit gutgemeinten Ratschlägen ging ich hausieren.
So zauberte ich Fantastisches aus meinen Wunderkorb,
bevorzugt - nützliche Gegenstände
des täglichen Gebrauches für die Mütter
und ihren kleinen Schreihälsen.
So waren es auch besondere Leckereien und Dinge
der täglichen, sinnvollen, praktischen Benutzung, wie den
unbekannten Pamperswindeln sowie Saugflaschen,
kuschelige Strampelhosen und ebenfalls für die

rückständige Zeit, ungebräuchliche, nahrhafte Säuglings
und Kleinkindernahrung.

Als besondere Beigabe, kredenzte ich den Kränklichen,
Hustensaft, süße Likörchen und nahrhafte Kost zur
Genesung und hatte für jeden ein offenes Ohr.

So dass ich mir ihren Respekt nicht nur als schillernde
Gattin des Oberhirten redlich verdiente.

Doch ganz besonders belohnte ich die beharrlichen Frauen,
die mich einst selbstlos (nun nicht ganz) pflegten.

Mit ihnen war ich in enger Freundschaft verbunden.

Meine vorrangige Fürsorge jedoch schenkte ich
den jungen Erstgebärenden, die ich betreute.

Ich wünschte, bei jeder Entbindung anwesend zu sein.

Was man keineswegs als Einmischung, ehr als willkommene
Hilfe sah.

Hatte ich auch das Wort - Geburtenregelung irgendwo
im Hinterkopf, so hatte es hier eine andere Bedeutung,
denn jeder Neuzuwachs war äußerst erwünscht.

Das Volk musste wachsen.

.

Neue Dörfer sollten sich ansiedeln - sich ausbreiten,
denn die große Welt war noch leer - hatte noch so viel
Platz.

Blick auf den Zauberberg

Kapitel 8 Die weite unbekannte Welt

Neue Familien hatten sich gegründet.
Neuer Wohnraum musste urbar gemacht werden.
Ständig erklang das Baugehämmere.
Noch immer musste Justin Bauholz aus anderen Zeiten
herbeischaffen.
Was mir Rätsel aufgab, denn ich wusste derzeit noch nichts
von anderen Zeiten, die man mühelos aufsuchen konnte.
So quälte sich Justin prustend und schwitzend vollbepackt
den Berg zum Zeitkanal hoch.
Oft musste er mehrmals gehen.
Diese kraftzehrende Schinderei, oblag ihm allein,
denn die Männer weigerten sich energisch die dunkle
Zauberhöhle noch einmal zu betreten.
Etwas düsteres, mystisches ging von ihr aus, was sie nicht
verstanden.
Was Justin einerseits ganz recht war.
Denn bei jeder Tour transportierte er so viel andere Dinge,
welche die rückständigen Menschen vor Ort nicht kannten.
So konnte keiner sehen, was er Außergewöhnliches
mit sich führte, um es sogleich wieder in seinem geheimen
Lager zu verbergen.
So waren es überwiegend neue Handwerksgeräte,
ein neues Radio, ein Computer, praktische Kleidung

und Geschenkartikel für alle Fälle.
Zudem Lebensmittel wie Reis und Nudeln
in allen Ausführungen. Sowie haltbares Gebäck,
weiterhin exotisches Obst, Gemüse, Feinkost und Gewürze
die hier keiner kannte.
Die allerdings nur in unsere Speisekammer landeten
und den Koch zum staunenden Kopfschütteln veranlassten.
Für all die vielen Mitbringsel mussten neue Regale
und Schränke gebaut werden, um die Übersicht behalten
zu können.
Er tat sehr geheimnisvoll und verbrachte viele Stunden,
in denen er nicht gestört werden wollte,
bevor er seine geheimnisvolle Fracht sorgfältig verschloss.

Jahre waren inzwischen vergangen.
Nichts großes - umwälzendes war geschehen.
Justin hatte unterdessen den Bau eines Kaufladens,
einer Schule und man sehe und staune,
dann doch selbst ein provisorisches Theater mit Bühne
aufgebaut, wobei er die Hauptarbeit übernommen hatte.
Denn alles musste nach seinen Wünschen gelingen.
Zudem sorgte er für eine Arena, für allerlei
Sportveranstaltungen, wie Wettlaufen,
Geschicklichkeitsturnieren, Schießen oder Speerwerfen,
die sich bald großer Beliebtheit erfreuten

und die jungen Leute in Scharen anlockten.
„Die naiven rückständigen Einwohner,
brauchten neben ihrer Arbeit Abwechslung, Aufmunterung
und Kultur, um nicht in ihrer dumpfen Kleinbürgerlichkeit
zu veröden. Wir übrigens auch," bekräftigte er.
„Tanzbälle und feudale Feste in einem Schloss
kann ich dir leider nicht bieten," fügte er spöttisch hinzu.

Denn im Geiste sah ich mich plötzlich in einem
Märchenschloss stolzieren, sah mich im prunkvollen
Festsaal - der im göttlichen Glanz erstrahlte - von hundert
Kerzen erleuchtet - die sich tausendfach in den unzähligen
Kristalllüstern widerspiegelnd, eine überirdisches
Lichtatmosphäre und einen unbeschreiblichen Duft
ausströmten.

Das war keine Fantasie. Ich sah und roch es wirklich.
Ich sah den alten Grafen einladend - winkend im Eingang
stehend, mich willkommen heißen.
Während ich ihm artig nickend entgegentrat,
verblassten die köstlichen Bilder wie ein Trugschloss.
Doch ich wusste von diesem Moment an, dass es dieses
Schloss wirklich gibt.
Ich schnupperte, um den letzten Rest des Kerzenduftes
halten zu können und wischte mir verstohlen
ein paar Tränen aus den Augenwinkeln.
„Wo ist das gräfliche Schloss?
So zeig mir die Ruinen - die Überreste, etwas muss doch
geblieben sein," wisperte ich bedrückt.
„Ach das Schloss existiert schon viele Jahrhunderte
nicht mehr. Da gibt es keine Überreste,"
erklärte Justin abwinkend, um abrupt zur Tagesordnung
über zu gehen.
.
So stand auf seinem Zeitplan in dieser Stunde,
die Einweihung des Theaters an.
„Heute ist ein denkwürdiger Tag," erhob er seine Stimme,
vor der versammelten Menge.
„Einige von euch werden sicher noch ein Vorführtheater
aus ihrem alten Leben kennen, in dem man ausgedachte,
lustige und dramatische Stücke vorführt.
Nun liegt es an euch, Fantasie und Träume in

Begebenheiten zu kleiden und einstudieren,
zur Freude und Unterhaltung der Zuschauer.
Ich glaube viele von euch sind dafür besonders begabt,"
fügte er hinzu und ahnte in diesem Moment nicht,
wieviel Begeisterung und Enthusiasmus er damit
auslöste.
„Ich denke die meisten von euch eignen sich zu exzellenten
Schauspielern," beendete er seine Rede.

„Ich werde den König spielen."
„Und ich die Königin," ereiferten sich sogleich zwei
Mutige. „Bah und ich werde gewiss nicht einen
Bettelmann spielen," warf ein Dritter ein.
„Aber Leute, es gibt doch noch so viel andere
Rollen", sagte ich.
„Da wäre noch die Figur: des Geliebten der Königin,"
ergänzte ich schmunzelnd.
„Ach - und wenn die Schule fertig ist, wird dort meine
Gattin die Kinder - die wilden Buben - ja und auch die
Mädchen unterrichten und ihr Bestes geben"
sagte Justin, bedeutungsvoll
und wandte sich zu mir um.
Zu mir sagte er grinsend: „Damit du rund um die Uhr
beschäftigt bist in deinem ewigen Schaffensdrang.
So wirst du nicht auf dumme Gedanken kommen,"
ergänzte er, ohne eine Antwort von mir abzuwarten.
„Nun habe ich unaufschiebbare Dinge zu erledigen

und muss dich leider allein lassen.
Am Schulhaus gibt es noch diverse Arbeiten,
nämlich die Bänke zusammen zu zimmern."
Hörte ich ihn im Fortgehen noch grummeln,
bevor er in der Menge untertauchte.
So hat er mich vor vollendete Tatsachen
gestellt - ich musste liefern, wenn ich nicht mein
Ansehen verlieren wollte.
Ich war überrumpelt und ein bisschen erzürnt
über seine feiste Art, mich in die Ecke zu drängen,
die mir viel abverlangen würde.

Schon lange war mir aufgefallen, dass Justin meine
Abwesenheit nutzte, um gewisse Besorgungen zu tätigen,
für die er oft viele Stunden, ja manchmal halbe Tage
benötigte.
Wo ging er hin?
Zumal es hier keine Baumärkte noch andere
Spezialgeschäfte gab, grübelte ich wieder einmal.
Woher aber kommen die vielen Dinge,
die er mir wohlwollend kredenzte?
Doch bald hatte ich das Warenlager entdeckt, tief unter der
Erde, zudem eine Geheimtür vom Keller aus führte.
Diese Tür war kaum sichtbar, hinter einem Regal verborgen
und stets verschlossen.

Doch das Schloss zu knacken, war eines meiner
leichtesten Aufgaben.
Dahinter eröffnete sich mir ein Schlaraffenland - ein
unerschöpfliches Lager, angefüllt mit Dingen
die es gar nicht geben konnte - und die mir dennoch nicht
fremd waren. So fand ich neuwertiges Werkzeug,
neben einer Fülle von Lebensmitteln, Konserven
wie auch Gebäck, unzählige Kekspackungen,
Süßigkeiten und die Trüffel, mit denen er mich immer
verwöhnte.
Weiter fand ich moderne Kleidung aus der Neuzeit,
neues Bettzeug, flauschige Synthetik Decken
und vieles mehr, was meine Augen erfreuten.
In einer Ecke standen schmucke, nagelneue Fahrräder
und - mein Staunen nahm kein Ende, als ich dahinter
ein pompöses Motorrad - eine wahre Höllenmaschine
entdeckte, unversehrt Chromglänzend, fahrbereit.
Die Polstersitze waren neu und tadellos,
nicht etwa angekokelt.
Es sollte mich nicht wundern, wenn sich hinter der
Holzwand, auch noch ein neuer Porsche verbarg.
Wow - es ist nicht zu fassen!
Woher hat er diese Ansammlung von Wunderdingen,
die ich ja eigentlich gar nicht kennen konnte.
Doch ich kannte alles recht gut.
Was verschweigt er mir noch alles?

War alles was er mir erzählte, nur eine einzige Lüge?
Wie konnten die vielen Dinge, den großen Crash
der Zerstörung unbeschadet überstehen?
Verbrannte nicht alles zu Asche?
Und was nicht gänzlich verbrannte,
zerschmolz und verformte sich zu unansehnlichen
Eisenklumpen. All das konnte so nicht gewesen sein.
Meine Zweifel wuchsen - meine heile Welt bekam Risse.
Wie war alles wirklich?
Was aber war wirklich geschehen?
Ohne glaubhafte Vergangenheit, fühlte ich mich
entwurzelt, hatte nur ein halbes Leben.
Mit Sicherheit gab es noch ein gänzlich anderes Leben
vorher.
So hatte er mich womöglich aus einem anderen Leben
fortgerissen.
Denn woher kommen die vielen Erinnerungsblitze, die mich
jede Nacht heimsuchten.

Kapitel 9 Wüste Träume

Verschwommene Gesichter - nicht zu erkennen.
In meinen Träumen spürte ich warme anheimelnde
Glücksgefühle.
Lust und Begehren pulsierte durch meine Adern.
Ich spürte die Liebe, die mich umgab, wusste mich
geborgen.
War es nur ein Wunschtraum oder ein Teil meiner
Vergangenheit.
Niemals jedoch sah ich Justins Gestalt, ihn gab es dort
nicht, oder?
Mit Sicherheit war er kein Ehrenmann, sondern ein
hinterhältiger, böser Bube.
Was sich bisher abspielte, war kein Narrenstück, eher eine
üble Satire. Ich musste nur meine bösen Dämonen
verbannen.

Nun jedenfalls spielten Justin und ich auf derselben Bühne,
spielten ein Stück, dass noch nicht geschrieben war.
So mussten wir es selbst neu programmieren.
Wir mussten gemeinsam den Alltag meistern.
Wie er, fühlte ich mich für alles mitverantwortlich.

Von nun an begann ich ihm heimlich nachzuschleichen,
wenn er mich beschäftigt glaubte.

Doch diesmal führte sein Weg zu dem nun endlich fertigen
Schulhaus.
Von weitem hörte ich schon seine herrische Stimme
vor der versammelten Dorfgemeinde schallen.
„Sicher wisst ihr Kinder alle wie alt ihr seid, oder?
Nun, eure Mütter werden es schon wissen, denke ich.
Denn nun wird es ernst.
Ich möchte nicht eine Horde wilder, unwissender Banausen
aufwachsen sehen - Wissen ist Macht," belehrte er die Kids,
die ehrfürchtig zu ihm aufsahen.
„Wer von euch ist sechs Jahre? So tretet hervor."
Zaghaft lösten sich einige der Knirpse aus der Runde.
„So stellt euch in einer Reihe auf, ohne viel Geschrei.
So ist es gut. Ihr seid nun die erste Klasse.
Und nun die siebenjährigen. Nun kommt schon,
ziert euch nicht, stellt euch daneben auf.
Ihr seid die zweite Klasse."
So ging es weiter, bis zu den Dreizehnjährigen.
Hier war Schluss.
„Oh je - woher willst du so viel Schulhefte und die ganzen
Lehrbücher hernehmen? rief ich dazwischen.
„Ach Carla, wie schön, dass ich dich hier antreffe.
Deine Zweifel sind unbegründet. Denn die Kleinen können
ja noch auf den Tafeln schreiben und später..."
Ja und dann? Wollte ich einwenden.
Doch ich zog es vor zu schweigen.

Ach, wie dumm von mir, vermutlich hat er schon alles
Nötige im Lager gehortet.
So hielt ich mich kopfschüttelnd im Hintergrund
und verfolgte interessiert den Fortgang der denkwürdigen
Vorführung.

Das nächste Mal, als ich ihm heimlich folgte,
führte ihn sein Weg einen Berg hinauf zu der Höhle,
vor der Unmengen von Bauholz gestapelt waren - so
geschickt, dass sie den Höhleneingang verdeckten.
Doch ich wusste von der Höhle - hatte sie oft schon
aus der Ferne gesehen und sinnend betrachtet.
Auch wusste ich, oder vielmehr spürte ich die Magie
dieser düsteren schwarzen Öffnung im Fels.
Sie ist gespenstisch und verrufen hieß es und die Dörfler
mieden Sie wie die Hölle.
Doch, so sagte mir meine Intuition, bestand meinerseits
eine Verbindung zu ihr.
Was geschieht dort mit mir, wenn ich sie betrete?
rätselte ich.
Lebte dort ein wilder Bär oder ein Monster,
oder ein sonstiges Ungeheuer?
Ach, welch ein Unsinn in meinem Kopf herum spukte.
Was es auch sein mochte, Justin konnte es offensichtlich
besiegen.

Aber nein, auch das ist albern.

Ein ganz anderes Wesen - eher einem Kobold gleich,
hauste da oben im Berge, wusste ich plötzlich.

Je öfter ich die Höhle künftighin betrachtete,
desto vertrauter erschien sie mir.

Immer deutlicher erinnerte ich mich an dem kleinen Wicht,
kein Mensch oder Tier, eher ein mystisches Geschöpf,
welches ich nicht einzuordnen vermochte.

Hatte ich nicht schon vor einer Ewigkeit - Freundschaft
mit ihm geschlossen?

Wenn es so war, dann war es lange her und er würde mich
womöglich gar nicht mehr erkennen.

So besah ich eine Zeit die Höhle nur aus der Ferne
und beachtete sie nicht weiter.

Doch ein Schimmer - ein verborgener Lichtblick war erglüht
und glimmte weiter.

Es wird kommen der Tag, an dem plötzlich alles anders ist.

Kapitel 10 Die dunklen Mächte

Uns mangelte es an nichts.
Justin hatte jede Möglichkeit und Zugang - sich das Beste
aus allen Zeiten herauszupicken.
Was ich damals jedoch nicht verstehen konnte.
Wie gern hätte Justin sie, in dem großen Supercenter
an seiner Seite, seine Traumfrau für immer.
Er war sich ihrer vollkommen sicher, denn er hatte
keine Konkurrenz mehr.
Keiner besaß so viel Charme und Power, uneingeschränkte
Macht und Prestige wie er.
Am liebsten hätte er sie immer bei sich.
Oh, wie würde sie über das Riesen - Waren - Angebot
in den Regalen staunen.
Oder würde es reelle Erinnerungen wachrufen,
das alles schon gesehen und erlebt zu haben.
Dank seiner bemerkenswerten rhetorischen Kunst,
gelang es ihm, ihr die rechten Worte seiner bisherigen
Versäumnisse nahe und plausibel zu machen.
Konnte aber nicht verhindern, dass sie ihm Tagelang
schmollte.
Seine übertriebenen Befürchtungen, sie hätte sich in dem
Zeitengewimmel verirren und untergehen

oder könnte gar in eine gefährliche Zeit geraten können,
beschwichtigten sie schließlich ein wenig.

Das Unverständnis jedoch blieb, dass er so wenig Vertrauen
in sie - und ihr Jahrelang das Tor zur pulsierenden,
realen Welt - vorenthalten hatte.

Doch nach so vielen Jahren des Zusammenseins,
war er sich ihrer unbedingten Verlässlichkeit
und Treue ziemlich sicher.

So konnte und wollte er ihr die wahre Realität nicht länger
vorenthalten.

Der Schritt, den er so lange herausgezögert hatte,
war getan und nicht mehr rückgängig zu machen.

Dennoch hielt er die volle Wahrheit zurück.

Denn er würde sie eines Tages mitnehmen.

Doch konnte er es nicht ohne Schwindel
zu gebrauchen - dass man nur in eine gewisse Zeit
gelangen konnte.

So verschwieg er wohlweislich, die wahre Funktion
des Zeitenkanals, das Tor zu Ewigkeit und beteuerte
großmütig, ihr zu versprechen, von nun an bei jedem Trip
in die andere Zeit, nur noch mit ihr zusammen
zu gehen.

„Ich verstehe das du ein wenig Abwechslung brauchst,
wenn ich auch befürchte, dass es dir auf die Dauer,
langweilig wird," fügte er, scheinbar nachdenklich hinzu.

.

Wenn ich auch heimlich grollte,
so verstand ich nicht, warum er mich nicht schon
früher aufgeklärt - sondern ein solches Geheimnis daraus
gemacht und nicht mit mir gemeinsam
seine so geheimen Wege unternommen hatte.

Justin überlegte krampfhaft.
Er würde mit ihr nur eine gewisse unverfängliche Zeit
aufsuchen.
Eine Zeit, in der er ziemlich sicher sein konnte,
keinen ihrer altbekannten Freunde oder gar ihren
Ehemann, dem Grafen Günter zu begegnen.
Der zu allem Übel auch noch stets seinen Diener Jonny
bei sich hatte.
Welche Zeit mag das wohl sein?
Vermutlich hatte Justin von dort auch all seine Neusiedler
zusammengesucht, um sie mit listig ausgedachten
Versprechen in das gelobte Land zu führen.

Kapitel 11 Das Tor zur Welt

.

Schon Tage später betraten wir den mystischen Zeitkanal
und landeten in der Zeit um 2090.
Unser Ziel war natürlich der Baumarkt und anschließend
das riesige Einkaufscenter.
Hatte ich ein Wunderland erwartet, so hielt sich mein
Staunen in Grenzen, denn mir schien, als hatte ich
all die Angebote schon erlebt und genossen.
Ich war ein wenig enttäuscht, einen mir wohlbekannten Ort
vorzufinden, in dem das Leben munter pulsierte.
Ich kannte den Ort genau, hatte ihn schon zigmal betreten,
aber niemals allein, immer war da ein Mann an meiner
Seite, der mich liebevoll leitete.
Oh - könnte ich mich doch an ihn erinnern - nur sein
Gesicht im Geiste sehen.
Freilich erfreute ich mich an der immensen Fülle,
in der ich mich nach Herzenslust baden konnte,
Leckereien im Übermaß.
Eine neue Jeans, ein neues Kleid, schlicht und festlich.
Auch eine neue Küchenmaschine,
die alles konnte - schnippeln, raspeln, den Teig kneten.
Ha ha, so konnte ich mit Leichtigkeit mit dem tüchtigen
Koch konkurrieren.

Kapitel 12 Wenn die Welt stillsteht

.

Beinahe tausend Jahre zurück, just an der gleichen
Stelle - denn Justin hatte das neue Haus wohl aus
Sentimentalität, direkt auf das längst vergangene Anwesen
des Grafen Günter und seiner Angetrauten Carla,
die nun so lange schon bei ihm lebte, an derselben Stelle
gebaut.
Denn er selbst hatte vor vielen, vielen Jahren auch einmal
eine Zeit dort in der reizenden Villa gelebt.
Tausend Jahre früher ahnte man nichts von diesen
Ausflügen.
Auch Günter suchte gelegentlich, doch eher selten, das Jahr
2090 auf.
Es war ihm lieber, die Jahre vorher von 2030 - 50
aufzusuchen, da war ihm die Auswahl bekannter, dort
kannte er sich mit den angebotenen geläufigen
Werkzeugen und Maschinen besser aus.
Er werkelte sein Lebenlang mit Leidenschaft im Haus
und Hof, baute und zimmerte unermüdlich.
Doch wozu?
Noch immer konnte er sich nicht abfinden.
Er hatte noch immer nicht überwunden und sich begnügt,
seine Liebste für immer verloren zu haben.
Lange Zeit war er von nagendem Kummer wie gelähmt.
Nun, nach Jahren der vergeblichen Suche

und des zehrenden Wartens, stach der Schmerz
nicht mehr gar so stark.
Dennoch verging kein Tag, an dem er nicht mit Sehnsucht
an sie dachte und stille Zwiegespräche mit ihr hielt,
doch er bekam keine Antwort, auch nicht im Traum.
Noch immer wartete er auf ein Wunder, dass sie eines
Tages vor ihm steht.
„Wenn sie nicht schon lange tot ist, muss sie ja irgendwo
sein. Doch warum kommt sie dann nicht zurück,"
pflegte sein Diener Jonny in den schlimmsten Momenten,
der tiefsten Niedergeschlagenheit seines Herrn, mit dem
ihm eine tiefe Freundschaft verband, zu sagen.
Wenn sie nicht kommt, dann kann sie nicht kommen,
war sich Günter sicher, denn sie verband viel,
soviel hatten sie zusammen erlebt und überstanden.
Doch wo konnte sie sein?
Wo sollten sie noch nach ihr suchen?
Der Zeiten gab es so viele.
Die Möglichkeit uns zu begegnen war sehr gering.

Wenn auch tief in mir eine vage Ahnung,
nach einer verlorenen Liebe schlummerte, so war sie nicht
mehr als ein verschwommener Traum.
Justin der ihre Amnesie, die weiter anhielt, nutzte
und sie im Glauben ließ, nur in eine bestimmte Zeit

gelangen zu können - wobei er auch diese Zeit nur schätzen konnte, war es so zufrieden.

Doch bald schon hatte ich seinen Schwindel als tückischen Trug durchschaut.

Denn schon als ich die Höhle - den Zeitenkanal das erste Mal betrat, wusste ich, dass es keineswegs das erste Mal war und ich ihn schon oft genutzt hatte.

Ebenso wusste ich mit Sicherheit, dass der Zeitenlenker uns in jede gewünschte Zeit beamen konnte.

Dieses Wissen jedoch, behielt ich für mich,

denn mir war klar, dass es mir nur schaden konnte.

Schon nach unserem zweiten Trip,

hielt ich nach dem Zeitenlenker Ausschau.

Da ich wusste, dass ich nach einem kleinen Gnom suchen musste, konnte ich ihn schnell ausmachen

und sah ihn tatsächlich vor seinem Schaltpult thronen.

„Robby" hatten wir ihn immer genannt - den allmächtigen Roboter mit einem menschlichen genialen Gehirn,

der einst von seinen Vorfahren in einen stählernen Roboterkörper eingesperrt und mit der einmaligen mystischen Gabe, Menschen einzufangen in einem Raumschiff, auf die Erde gesandt wurde.

Es müssen außergewöhnliche Menschen gewesen sein, Götter gleich, die einst diesen Stern bewohnten.

Wesen welche die übermenschliche Kraft und Gabe

das Paradoxon - der Zeitgleichheit - somit die Fähigkeit

aller Zeiten gleichzeitig gegenwärtig zu sein - einpflanzten.
Doch die Mission misslang kläglich,
als er eine Bruchlandung im Berge erlitt und seitdem
im Berge feststeckte und im Laufe der vielen Jahrtausende
mit dem Berg verschmolz und mit ihm versteinerte.
Robby mein Freund und Wegbereiter so vieler Jahre,
unendlich langer Zeiten.

Nun war mir klar, warum Justin ein solches Geheimnis
daraus gemacht hatte.
Doch seine Sorgen und Vorsicht waren unbegründet
und unnötig, denn ich hegte ja kein sonderliches Interesse
andere Zeiten aufzusuchen.
Ich wusste ja nicht, wohin und nicht wonach und nach wem
ich suchen sollte.
Danach begannen meine Träume konstant jede Nacht.
Waren es nur Träume oder Erinnerungsfetzen
unklar - verschwommen?
Ich sah das Haus - war es unser Haus, in dem ich einst lebte
mit ihm?
Wer war mein Herzbube?
Ich hörte Stimmen und Musik - immer war da Musik.
Ein unsäglich warmes Gefühl der Zufriedenheit
und Geborgenheit umgab mich - holte mich ein wie eine
fühlbare Wolke aus Liebe.
Mein Herz quoll über vor Glückseligkeit.
Doch leider konnte ich noch immer keine Gesichter

erkennen, noch die Personen, die um mich waren.

So als wären sie leere Hüllen.

Wo seid ihr - warum erlöst ihr mich nicht aus diesem
falschen Leben? wollte ich rufen.

Doch ich brachte keinen klaren Ton,

nur ein klägliches Krächzen heraus,

bevor ich schweißgebadet erwachte.

„Was plagen dich nur für grässliche Träume," sagte Justin
dann und zog mich in seine Arme.

„Komm an mein Herz, ich werde dich deine Albträume
schnell vergessen machen.

Und es gelang ihm vortrefflich - meinem erfahrenen,
göttlichen Liebeskünstler.

Was mich mit ihm verschmolz und ich mit allen Sinnen
genoss und offen eingestand.

Ein Lob von mir zählte hundertfach und schmeichelte
wohltuend seiner männlichen Eitelkeit.

Da er sich noch immer schmerzhaft an die
niederschmetternde Kränkung von ihr - vor dem
schrecklichen Überfall erinnerte, war das Balsam
für die Seele.

Doch die Wonnen im Bett zählten nicht am Tage,
verbanden uns nur in der Nacht und leider nicht bis
in die nächste Nacht, in der meine wirren Träume
mich wieder zurückholten, in eine andere Welt.

Wieder sah ich nur verschwommene Gesichter.

In meinen Träumen spürte ich warme Glücksgefühle
und Erfüllung. Leben - heißes Blut pulsierte durch meine
Adern .
Niemals jedoch sah ich Justin in meiner Nähe.
War das alles nur ein Wunschdenken
oder nur ein verschütteter Teil meiner Vergangenheit?
Verwirrt erwachte ich neben Justin,
der mich besorgt betrachtete.
„Nun sag mir doch, was du so unangenehmes zusammen
träumst"? wollte er eines solchen Morgens wissen.
„Ach, alles ist nur ein einziges Wirrwarr von verzerrten
Fratzen, die mich bedrohen," antwortete ich,
um überhaupt etwas zu sagen, ohne zu ahnen,
der Wahrheit sehr nahe gekommen zu sein.
Doch das gab ihm zu denken.

Oh, das ist gar nicht gut - wenn sie nun beginnt sich zu
erinnern.
Doch sie hat ja noch gar nichts konkretes gesehen.
Das kann noch lange dauern, wenn es überhaupt
stattfindet, beruhigte er sich selber.

Nun jedenfalls lief noch alles wie gewohnt.
Wir hatten augenscheinlich dasselbe Ziel - mussten

gemeinsam den Alltag meistern.

Stück um Stück einen weiteren Meilenstein erreichen und überwinden, wie es auch kommen mochte.

Kapitel 13 Das Dach der Welt

Die Zeit floss zäh dahin.
Ich war unzufrieden und unruhig, etwas fehlte.
Ich spürte - das ist nicht mein richtiges Leben.
Mein Blick richtete sich nun täglich auf den mystischen Berg.
Meine Augen suchten, hoch oben die dunkle Höhlenöffnung.
Dort ist das Dach der Welt - der Bahnhof - die Brücke in alle Zeiten, dachte ich versonnen.
Doch mir blieb nicht viel Zeit für derartige Sinnereien.
Wenn ich auch ständig Action brauchte, so fühlte ich mich dennoch überfordert.
Nun plagte mich der Schuldienst - mein Lehramt, welches ich allein auf die Dauer nicht zufriedenstellend bewältigen konnte.
Bis auf den täglichen Stress, war das Leben, das ich ja nicht anders kannte, recht beschaulich und okay.
Obgleich ich doch wusste, dass alles hier nur künstlich herbeigeführt war.
Denn am Anfang war alles wüst, öde und leblos.
Doch mittlerweile gedieh alles um mich herum prächtig, wie eine neue Welt.
Jedoch fehlte der Urkern - die ursprüngliche ,

gesunde Tiervielfalt war nicht vorhanden.

Kein vorwitziger Hase lugte hinter den Büschen hervor.

Kein scheues Reh, noch Fuchs, Wolf und Bär

belebten das Bild in unserem Gebiet.

Auch in den wärmeren Zonen, der ferneren Regionen,

waren Affen, Raubkatzen, Zebras und Elefanten

ausgestorben.

Nur die eingeführten Zuchttiere, in ihren weitläufigen

Gehegen, gaukelten noch eine intakte, üppig lebendige

Fauna vor - auf meinen Wegen.

Ich jedenfalls, vermisste unsere Artenvielfalt.

Wenn sie auch eigentlich zu meinen verloren gegangenen Erinnerungen gehören müssten, schwelten sie dennoch tief im Verborgenen, denn ich sah sie im Geiste lebhaft vor mir.

So ist doch mein Erinnerungsvermögen nur für eine gewisse Zeitspanne völlig verschüttet und gelöscht, während alles Vorherige geblieben ist.

Auch Justin habe ich vorher gekannt, wurde mir immer klarer.

Aber das war wohl in einem anderen, früheren Leben. Während alles Vorherige geblieben ist.

Was um Himmelswillen aber ist geschehen, folgerte ich, auf meinem kurzen Spaziergang vor Sonnenuntergang. Eine Entspannung, die mich beleben sollte - jedoch meine Sorgen und Kümmernisse nicht verdrängte.

Justin hielt schon ungeduldig Ausschau nach mir, als ich mich dem Dorf näherte.

„Du bist so bedrückt, dein Gesicht ist sorgenvoll - ist nicht alles in bester Ordnung?"

„Ach Justin, ich sorge mich in der Tat. Der Schuldienst ist nicht allein zu schaffen. Ich kann ihn nicht länger allein bewältigen."

„Ach mein Schätzchen - ich muss gestehen, das habe ich nicht recht bedacht. Doch dafür gibt es eine einfache Lösung.

Du unterrichtest fortan nur noch die Grundschüler

und ich die restlichen Klassen.
Die Großen brauchen ohnehin strengere, autoritäre
Erziehungsmaßnahmen."
„Ah - du meinst, dass sie mich nicht anerkennen
und ernst nehmen.
Aber da täuschst du dich gewaltig,
gerade die halbwüchsigen Bengels sind mir hündisch
ergeben. Denn wie du ja sicher weißt, sind in dem Alter
ja kaum noch Mädchen in den höheren Klassen."
Ha, das wundert mich nicht, wenn die Knaben
dich anhimmeln," grinste er augenzwinkernd.
„Ich bin dir ja schließlich auch bereits am ersten Tag
hoffnungslos verfallen."
„Nun, sei mal ernst," unterbrach ich ihn ungeduldig,
bevor er sich weiter in sülzigen Sprüchen ausließ.
„Es ist doch so, dass die Mädchen schon mit 11 - 12 Jahren
nicht mehr in die Schule geschickt werden.
Sie sollen Kochen und Haushaltsführung lernen, um später
einem passenden Gatten, als solide tüchtige Hausfrau
dienen zu können.
Was ja auch so bis ins 20. Jahrhundert gang und gäbe war."
„Du sagst es und so ist es gut und das soll auch so bleiben,
bis die Zeit reif ist. Allmählich wird sich auch
hier alles ändern. Bedenke - die Ersten kommen aus dem
14. - 15. Jahrhundert."
Ah ja - und wie gelangtest du in diese Zeiten?

War ich versucht zu fragen! Doch ich wollte ihn nicht
bloßstellen.
„So dürfen wir uns nicht einmischen und sollten
uns nach ihnen richten," ergänzte er.
Sodann begann er, mir einen Vortrag über die früheren
Jahrhunderte zu halten.
Er sprach über Kriege, Not und Elend, über Unterdrückung
und Ausbeutung des geschundenen Volkes.
Er sprach zu mir, als wäre ich noch ein dummes,
unwissendes Kind.
Aber wusste ich das nicht alles? hatte es nicht vergessen.
„Du weißt ja, dass ich unsere Bewohner - nun ja - die Ersten
aus diesen grausamen Zeiten erlöst habe.
Sie folgten mir hoffnungsvoll und fanden hier Erfüllung
und Frieden.
Sie zählen nun, zu den Alten unter ihnen. Dennoch leben
und denken sie noch in den alten Zeiten.
Eine neue Generation ist nun hier in Freiheit
herangewachsen - doch mit den Traditionen und Bräuchen
ihrer Vorfahren belastet."
Ich hörte geduldig zu und machte mir meine Gedanken.

Die Zeit verlief im gleichen Trott.
Meine übersprudelnde Energie ließ nach.
Ich war ständig müde, abgespannt und lustlos - fühlte mich
alt und ausgelaugt.
Ich weis gar nicht wie alt ich bin,

fünfundfünfzig - fünfundsechzig oder noch älter?
überlegte ich.
Es existieren keinerlei Urkunden, noch Geburts
oder Heiratspapiere, also mein Stammbaum.
Wenn ich Justin danach fragte, sagte er nur: Du bist
alterslos.
Denn du bist noch immer die reizvollste, umwerfendste
Frau der Welt. Alles andere ist unrelevant.
Nun vielleicht bin ich Äußerlich noch recht ansehnlich,
doch innen fühle ich mich uralt.

Instinktiv verlangte es mich danach, meinen alten Freund
Robby, den Zeitenlenker aufzusuchen,
obgleich ich zunächst nicht wusste, was mich dort hintrieb.
Doch als ich die Höhle nun zum ersten Mal allein betrat
und in Robbys Kulleraugen sah, fiel es wie Schuppen
von meinem eingerosteten Hirn.
War Robby auch stumm wie ein Fisch, so besaß er doch
eine unglaubliche, einmalige Macht - die Fähigkeit
und Gabe der Verjüngungskunst.
So wie er mit den Zeiten beliebig jonglieren konnte.
Wie oft schon hatte ich davon Gebrauch gemacht?
„Oh Robby, erlöse mich von der Last des Alters
und verjüngere mich um - aeh - um mindestens zwölf
oder besser noch fünfzehn Jahre," brachte ich
hoffnungsvoll hervor.
Der Begriff = Zeit = spielte für ihn keine Rolle.

So konnte er mühelos jede Zeit überwinden - sie x beliebig
manipulieren, wie in einem Kindermärchen.
So konnte er die uralte Sehnsucht des Menschen,
nach einem langen Leben erfüllen.
Sein Superhirn arbeitet, in dem er wie jetzt,
die Zeitspanne von etwa 15 Jahren in unsichtbare Moleküle
umwandelte und passieren ließ.
Auch war er in allen Zeiten stets zugegen,
wenn irgendwo ein Zeitreisender irgendwann die Höhle
betrat, wie ich jetzt.
Das Tor schloss sich knarrend.
Ich wartete ungeduldig und gespannt was nun geschehen
würde.
Würde ich Schmerzen erleiden?
Doch es geschah nichts. Das Tor öffnete sich wieder.
Ich schaute zweifelnd zu Robby hinauf und mir schien,
als bemerkte ich ein leichtes Nicken seines stählernen
Hauptes. Seine Zangenartigen Greifer hoben und senkten
sich.
Was bedeuten mochte: Es ist vollbracht.
Ich ging wie auf Wolken dem Sonnenschein entgegen,
hüpfte übermütig den Hang hinunter.
Alles war wie vorher und dennoch war alles anders.
Die Sonne schien heller, die Vögel sangen lauter
und schöner.

Auch Justin macht mit Sicherheit regelmäßig Gebrauch
von diesem Jungbrunnen im Felsgestein, war ich mir sicher.
Wie hätte er sonst das biblische Alter von mittlerweile
800 Jahren erlangen können und das nicht etwa als Greis,
sondern stets in den besten Mannesjahren balancierend.
Freilich war er es nicht allein.
Es gab noch einige wenige, die von diesen Möglichkeiten
wussten und sie nutzten.
Denn so erinnerte ich mich, war ich selten bei dieser
wundersamen Aktion allein, ein liebenswürdiger,
stattlicher Herr- ein Hüne von Gestalt, der beruhigend
meine Hand hielt, war bei mir.
Ein Gefühl sagte mir, dass dieser tolle Traummann,
ein glühender Verehrer oder gar mein Liebster war.
Hat er mich nicht immer angelacht?
War er es, dem meine heimliche Sehnsucht galt?
So muss es doch den einen geben, würde ich ihn erkennen,
wenn ich ihn sehe?
Haben wir uns nie wiedergesehen in der langen Zeit,
in der Kneipe und sogleich unsterblich ineinander verliebt?
Doch plötzlich war er verschwunden.
Wo war er jetzt, sollte er nicht nach mir suchen,
mich finden und Heim holen, fort aus dieser künstlichen
Welt?
Ich fühlte mich leicht und unbeschwert.
Alle Kümmernisse waren verflogen.

Ein laues Lüftchen schien mich emporzuheben,
dass ich die Erde kaum berührte.

Keiner beachtete mich sonderlich, man nickte mir höflich
zu, als ich beschwingt den Weg zurück schlenderte.
Justin jedoch bemerkte es sofort.
„Nun - so hast du es also selbst heraus gefunden.
Ich wollte, aber ich konnte es dir nicht sagen,
denn für mich wäre deine Auffrischung nicht nötig
gewesen.
Für mich wärst du immer die schönste , begehrenswerteste
Frau unter der Sonne geblieben.
Vermutlich hätte es dich gar gekränkt und du hättest mich
für einen unsensiblen Banausen gehalten.
Komm mein Schätzchen, lass dich beschauen.
Oh - ich bin geblendet von so viel Schönheit und Liebreiz.
Jetzt bin ich alter Knochen wohl dran, mich halbwegs
anzupassen!" lachte er spitzbübisch und zog mich
in seine Arme.
Doch zwischen den Lachfalten, sah ich auch Sorgenfalten.
Später betrachtete ich mich im Spiegel.
Doch ich konnte kaum einen Unterschied, zu vorher
entdecken.

.

.

Meine Uneitelkeit hatte mich nie länger als notwendig vor dem Spiegel gehalten, als das Ordnen meiner widerspenstigen Mähne es erforderte.
Da es ja nun keinen mehr gab, der meinen Zopf ordentlich flocht.

Kapitel 14 Die Uhr des Lebens

So machte ich mich mit frischen Kräften und neuerwachtem Eifer wieder an die vielfältigen Aufgaben, die meiner harrten.
Es war gewiss nicht nur ein Zeitvertreib die von mir erwarteten Anforderungen zu erfüllen.
Doch meistens konnte ich mich auf Justins Beteuerungen: „Was auch geschehen mag, wird gut," verlassen.
Justin jedoch sah mit Sorgen in die Zukunft.
Alles war mit einem Schlag ungewiss.
Zweifel und eine ständige Unruhe plagten ihn.

Wieviel wusste sie von ihrer Vergangenheit?
Seine Verrücktheit nach ihrem Zauber, war nicht etwa abgekühlt, sondern eher noch angewachsen.
Sie hatte sein Herz in Ketten gelegt.
Doch mit der Blockade des Zeitkanals, in der er seinen letzten Ausweg sah, würde er womöglich das Gegenteil, nämlich ihre Zuneigung verlieren.
Nachdem sie nun schon so viele Jahre Freud und Leid, treu an seiner Seite verlebte, wäre es ihm unerträglich,

ihre Verachtung zu spüren.

Wenn es nur bei den gelegentlichen Verjüngungen bleibt und sie immer wieder zu mir zurück kommt, dachte er besorgt.

Spielte er auch sein liebenswertestes Charisma aus, war sein Blick auch zwingend, so hatte er doch seine uneingeschränkte Macht über mich verloren.

Ich kann ihn zwar noch bewundern, doch mein volles Vertrauen hatte er eingebüßt.

Dennoch waren wir ein eingespieltes Team im sanften Kampf für Gedeih, Harmonie und Fortschritt!

„Wir werden die Welt neu gestalten und verbessern," war seine Devise.

Nun, wir werden sehen, wie die Zukunft sich gestaltet, dachte ich bei mir.

„Nun genug der Spekulationen, so komm, lassen wir den lieben Gott einen guten Mann sein.

Es gibt wahrhaftig Schöneres, als sich pausenlos über alles den Kopf zu zerbrechen," murmelte er und zog mich schmunzelnd mit sich.

Kapitel 15 Hoffen und Bangen

Nichts erinnerte mehr an die idyllische entzückende Villa,
die einst vor langer, langer Zeit hier am Fuße
des Zauberberges - wie die Leute früher,
so auch heute in der neuen Zeit, ihn immer noch nannten.
Das Haus mit den Gauben und Türmchen,
dass einst den Ortsausgang schmückte.
Das Haus, in dem einstmals das Leben pulsierte
und das Glück wohnte.
Doch es existierte noch, man musste nur die Zeit,
in der Vergangenheit finden.
Darin lebte nur noch ein einziger einsamer, verhärmter,
gramgebeugter Mann mit seinem alten treuen Diener.
Man hatte ihm sein Lebensglück gestohlen.

Noch immer wurde Jonny von grässlichen
Träumen heimgesucht und gepeinigt, bis er bibbernd
aufschreckte. So erwachte er, aus fast immer dem gleichen
Geschehen.
Ach - mal wieder ein verzerrter Traum.
Doch egal wie das Drama ablief.
So folgte stets die fürchterliche Szene,

in der er zu hören glaubte, wie der Keulenschlag - Carlas
Kopf zertrümmerte und er seinem Herrn
die Hiobsbotschaft, durch sein Versagen, gestehen musste,
sich dabei immer wieder verhedderte - die volle Wahrheit,
frei heraus zu offenbaren: „Sie wird nicht mehr
wiederkommen."
„Sie wurde niedergeschlagen und entführt.
Ich konnte ihr nicht helfen - sie nicht retten!"
stammelte er, unzusammenhängend.
Doch Günter sein Herr, konnte den Sinn der Worte - diese
absurde Ungeheuerlichkeit nicht sogleich einordnen - nicht
akzeptieren. Sein Hirn weigerte sich.
"So schreit doch, tobt und wütet, schlagt mich.
Aber ihr sagt gar nichts, seid wie erstarrt.
Hier - trinkt einen Schnaps zur Ermunterung - ja so ist es
gut - noch einen und noch einen."
Bis das Glas scheppernd zu Boden fiel und zersprang.
"Gib mir die Flasche," brummte Günter heiser und trank
den Rest.
"So lebt sie also nicht mehr- hast du mir soeben eröffnet,"
lallte er und musterte den Diener mit glasigem Blick.
"Das wagst du mir zu sagen," fauchte er."
"wozu habe ich dich - wozu bist du nutze, wenn du nicht
mal eine zarte Frau beschützen kannst!"
Er packte und schüttelte den heulenden Diener
und stieß ihn dann mit einer einzigen,

lässigen Bewegung von sich.

"Aber sie kann noch leben, Herr, ich weis nicht so genau,
ob sie tatsächlich tot ist!" wimmerte der Gescholtene.
"Aber wo ist sie - wo hast du sie gelassen - ich sehe sie
nicht!" waren die letzten schmerzenden Worte,
bevor er erwachte.

Weis Gott, sie war noch immer verschwunden.
Ach, wenn er doch nur ein einziges Mal ihre Augen
leuchten sehen könnte - ihr strahlendes Lächeln,
wenn er zu ihr kam.
Nur einmal noch ihren süßen, warmen Körper spüren,
wenn sie die Arme um ihn schmiegte.
Besonders bei Nacht, wenn der Schlaf ihn mied,
schickte er seine Sehnsucht und sein Flehen
zu den Sternen empor.
Vielleicht ist sie längst dort oben oder sie dreht da oben
gerade eine Runde.
Oder sie lebt gar auf einem anderen Stern.

Alle hatten ihn, den mürrischen Mann längst verlassen.
Selbst sein Sohn Wolfgang, der immer zu ihm hielt,
hatte seine trübsinnigen Stimmungen nicht länger ertragen
können und seine Mansardenbude geräumt.
Nur sein eigener ergebener Diener hielt noch zu ihm

und ertrug geduldig seine griesgrämigen Launen.
Denn er fühlte sich mitverantwortlich für das ganze Elend,
das über seinen Herrn herein gebrochen war.
Auch wenn er damals nichts an dem schrecklichen Überfall,
hatte ändern können.
Sein Eingreifen damals, gegen die mörderische Bande
wäre vergebens - eine sinnlose Aktion gewesen.
Vermutlich hätte er sein eigenes Leben verloren,
gegen die Übermacht der blutrünstigen Bande.
Wer sollte sich dann um seinen Herrn kümmern - ihm
beistehen und von dieser barbarischen Schandtat
berichten!

Er dachte an die lange Zeit zurück, als er von dem längst
verstorbenen Großvater, des damals jungen Günter,
halbverhungert, in den Kriegswirren um 1944
aufgegriffen, im Schloss Aufnahme fand und dem Knaben
Günter, als Diener und Beschützer zugestellt wurde.
Sein Dank und seine bedingungslose Treue,
war ungebrochen und hielt ein ganzes Leben.
So war und blieb der Graf Günter nicht nur sein Herr,
sondern sein ewiger Schützling, den er auch heute noch,
nach mehr als 60 Jahren, als den jungen Grafen sah
und auch so betitelte.
Während er selbst mittlerweile, als knorriger,

alter Mann herum stakelte und sich bisweilen recht nutzlos
vorkam. Da er sich störrisch weigerte,
öfter als circa alle 20 Jahre den steinernen Jungbrunnen
aufzusuchen.
Da sich Günter durch gelegentliche verjüngerungs -
Aktionen im Zeitkanal durch Robby,
relativ jung und drahtig erhalten konnte,
blieb er somit noch immer eine passable, eindrucksvolle
Erscheinung.
Wenn er auch äußerlich stets blendend
und dynamisch wirkte, wie der maskuline Herkules,
dem die Weiber verträumt nach schielten,
was ihn scheinbar nicht berührte.
So hatte er doch in den letzten Jahren sein umwerfendes
Charisma - seinen Esprit abgebaut.

Alles hatte an diesem, verfluchten, verhängnisvollen Tag
begonnen.
Als Jonny von einem Ausflug der Beiden allein, ohne sie
heim kam - grübelte Jonny.
War das nun der Gipfel des Unerträglichen
oder eher glückliche Fügung, dass der verhasste
Justin - der Weltenbummler, sie aus den Fängen
der Schurken befreite, ihr somit das Leben rettete - sie
aber mit sich genommen, wohin auch immer?

Tatsächlich hat er sie vor dem sicheren Tode bewahrt?
Das ist die Frage aller Fragen, die sich auch Günter stellte.
So überlegte er weiter.
Konnte es nicht sein, dass sie durch den heftigen
Keulenschlag auf den Kopf, das Gedächtnis verloren hatte
und somit nicht mehr zurück finden konnte?
Irgendwo da draußen. Wenn sie noch lebte.

Wie viele Zeiten und Orte sie auch aufsuchten - blieb
die Suche doch erfolglos und war nicht mehr,
als ein Stochern im Nebel.
So blieb ihnen nur das bedrückende Warten.
Dennoch hatte er das zermürbende Warten noch nicht
aufgegeben.
Doch der Gedanke, sie könnte ihn nicht mehr erkennen,
war ihm unerträglich und nagte an ihm.

Kapitel 16 Die große Welt

Die Welt ist so groß - doch Tier und Menschen leer.
Nur ein winziger Teil ist bewohnt und bebaut.
Was für eine unsinnige Verschwendung.
Während es in den großen Städten der alten Welt
von Menschen wie Ameisen wimmelte, die sich
gegenseitig fast tot trampelten,
die in 40-stöckigen Hochhäusern lebten
wie Hühner in den Legebatterien.
Oder gar in Käfigen in den Hausfluren und unter
den Treppen, ihre erbärmliche Unterkunft beziehen
mussten.
Nicht zuletzt diejenigen Bedauernswerten,
die auf der Straße dahin siechen mussten.
Wie gerne würde wohl die untere Schicht - die
Ausgestoßenen aus diesen Rattenlöchern entfliehen,
doch sie waren mittellos und wussten nicht wohin.
Eine Mittelschicht gab es lange schon nicht mehr.
Sie wurden unterdrückt, wenn sie sich nicht privilegierten
und durch extremes Wissen, besondere Cleverness
aufstiegen und somit zu den großen Bossen und
Befehlshabern zählten.
Die Diktatoren hielten die arbeitende Bevölkerung,
die schufteten und es dennoch zu nichts brachten,

wie Sklaven, absichtlich ganz klein - hörige Bürger,
denen nur wenige Kinder erlaubt waren, sonst platzte
die Bevölkerung aus allen Nähten.

So war es nicht nur im tiefen Osten, wie Asien und China.
Die Vorschrift war Gesetz und hatte längst Europa erreicht.
Zudem stank die Luft - war total verpestet, dass der
Abgasnebel der Autos und Fabriken kaum noch wich,
der ständig über der Stadt und penetrant in den
Straßenschluchten festsaß.
"Von dort könnten die armseligen Habenichtse, sich in
unserer freien Welt verteilen," brummte Justin.
"Oder doch besser nicht, sie würden unsere saubere Welt
schon bald wieder versauen - so wie sie bei ihnen ist,
weis Gott, das ist gewiss nicht in meinem Sinne.
Auch hier wird sich allmählich die Population vergrößern
und immer weiter ins Land ziehen, bis sie eines Tages
die ganze Welt besiedelt.

Das verheerende Chaos - die Zerstörung der Welt,
kam nicht etwa plötzlich.
Es hatte sich schon viele - viele Jahre vorher angekündigt,
durch Dürreperioden und vernichtende Unwetter.
Statt der üblichen Herbststürme, das ganze Jahr über

Orkane - Windhosen, welche die Weltmeere zum Sieden
und Brodeln brachten und die Ufer überströmten
mit wilden Tsunami ins Land schossen - es unter Wasser
setzten und alles Bewegliche mit sich rissen.
Unwetter mit Donner und Blitzen ohne Ende.
Nicht nur abgestorbene, verbrannte Wälder, ganze
Landstriche waren verdorrt und verwüstet durch
Feuersbrünste, die sich durch ganze Länder fraßen.
Viele Tiere waren ausgestorben
oder hatten sich angepasst.
Nur der Mensch war immer gleich geblieben.

Von all dem wussten die neuen Siedler
der neuen Welt nichts.
Ihr Leben spielte sich im beschaulichen Rahmen ab.
Dennoch genügte den Bewohnern, der ihnen zugeordnete
Platz, auf die Dauer nicht mehr.
Unzufriedenheit und Neid schlichen sich ein.
Alles schien zunächst perfekt.
„Alles hatte so schön und friedlich begonnen und sein
können," klagte Justin, bedenklich den Kopf wiegend.
Doch der Mensch ist nie zufrieden mit dem was er besitzt.
Stets schielt er nach dem Nachbarn
in Neid und Habsucht.
Auch hier grassieren schon Streitereien um das größere

Feld, um den größeren Hof, die sonnigere Lage,
das Haus in Bach nähe, umgeben von Wind schützenden
Büschen und Bäumen, so wie dem Tiergehege,
welches mehr Platz hat.
„Sieh nur - die beiden Weiber dort, wie sie sich ankeifen.
Nun kommen auch noch die Männer dazu."
Dabei besaß der Familienvater schon ein beachtliches
Anwesen, zu gerne hätte er jedoch das Nachbargrundstück
für seine rasch anwachsende Kinderschar.
"Ich fürchte, ich muss wieder einmal eingreifen
und den Streit schlichten, ehe sie sich an die Gurgel gehen."
"Nun ja - wenn man wie du Bürgermeister, Lehrer, Pastor
und Richter - kurz der allmächtige liebe Gott ist,
muss man auch die Folgen tragen," bemerkte ich,
nicht ohne Spott.
"Du solltest dich zurückhalten und nicht immer einmischen.
Haben wir nicht ein Recht auf unser eigenes Leben?
Die ewigen Nervereien machen uns das Leben schwer!"
"Hm - ja, da magst du wohl recht haben!" gab er klein bei.

.

Eine schwüle Sommernacht.
Ich schlief unruhig, wälzte mich hin und her.
Ein unerklärlicher Brandgeruch stieg mir in die Nase.
Hatte ich den Topf auf dem Herd vergessen?
Beunruhigt setzte ich mich auf.
Es war nicht mehr dunkel, obgleich der Morgen

noch fern war.

Ein merkwürdig flackernder Lichtschein,

lange vor Sonnenaufgang.

Aber das ist Feuer, was da so flackert.

Laute Stimmen durchbrachen die Nacht.

Ein wildes Durcheinander, Geschrei und wüste

Beschimpfungen erwarteten uns, als wir in großer Eile

den Ort des Geschehens aufsuchten.

Zwei Häuser brannten bereits lichterloh,

leuchteten gleißend hell in der Nacht.

Da war nichts mehr zu retten.

Die Häuser begannen knistern zu lodern und

zusammen zu krachen.

"Der Schlauch Carla, schließ den Schlauch an die Leitung

mit der Pumpe. Das bringt mehr als hundert Wassereimer

aus dem Bach," rief Justin, in heller Aufregung.

Der Wasserstand im Bach war so niedrig,

dass die Eimer nur halbvoll gefüllt durch die

Menschenkette gehen und nur noch wenige Spritzer

den Brandherd erreichten.

Ich sprintete los, drehte anschließend den Hahn voll auf,

sodass der starke Strahl das gefräßige Feuer bald besiegte.

Zwei Gebäude waren völlig niedergebrannt.

Eins der Häuser hatte schweren Schaden genommen,

doch das vierte konnte gerettet werden.

.

Allerdings brauchte es viele Basteleien, um alle hässlichen Brandspuren zu beseitigen.
Doch es würde lange Zeit unbewohnbar sein.

"Kein Ort kann bei Gesetzlosigkeit, ohne Strafen - wie Auspeitschungen bestehen und gedeihen,
sonst ist hier bald ein Sodom und Gomorrha,
ein rechtloser Raum!" ereiferte sich ein betroffener Familienvater.
"Na dann ist er der Erste, der die Prügelstrafe erhält," mischte sich ein weiterer ein.
"Bah, eine Prügelstrafe wäre viel zu gering.
An das große Rad sollte der gekettet und seine Glieder zertrümmert werden," gab ein anderer zum Besten.
"Ich weis noch etwas viel wirkungsvolleres,"
warf ein vierter ein.
"Wir nehmen die Pferde, die in zwei verschiedenen Richtungen ziehen, während der in der Mitte angebundene, somit gestreckt und schließlich zerrissen und geteilt würde.
Wäre das nicht ein vortreffliches Gaudi?"
"Ja erst auspeitschen und dann gevierteilt," stimmten nun auch andere zu und begannen den armen Kerl
mit Stockschlägen zu traktieren.
"Ach ich weis noch etwas viel passenderes.

Er soll brennen. Wir brauchen nur einen Scheiterhaufen
aufzuschichten und seine ganze Brut mit ihm rösten,
bis sie gar sind, ha, ha. Denn sein Weib ist eine Hexe,
sagen alle - sie hat ihren Alten aufgehetzt.
Holz ist schnell zusammen getragen und aufgestapelt
und obenauf kommt eine Schicht Stroh.
Wenn das Feuer fängt, brennen die wie Fackeln."
"Ja so machen wir das," waren sich zu guter Letzt,
fast alle einig.
"Worauf warten wir noch Leute?
Holz und Stroh ist in der großen Scheune, also los."
Bis hierher hatte sich Justin zurück halten können.
"Oh nein - kein einziges Holzbrett und kein einziger
Strohballen wird verschwendet. Ihr seid Sadisten,"
brauste Justin zornig auf - der aus dem Hintergrund
den Aufstand ungläubig verfolgt und sich unterdessen
für eine List gewappnet hatte,
um die gefährliche Situation zu beenden.
Während ich erschüttert auf die wildgewordene
Meute starrte.
Ein ohrenbetäubender Knall und kurz darauf noch Einer,
der auch den letzten Prahler verstummen ließ,
denn keiner von ihnen hatte je einen Gewehrschuss
vernommen.
Justin hatte mit seiner M.P. Nicht nur den Wetterhahn,
sondern die ganze Kuppel vom Kirchturm geschossen.

Entsetzt - zu Tode erschrocken in ungläubigen Staunen erstarrt, stierten sie auf die tödliche Waffe.

Sodann richtete Justin das Schießeisen
auf die nun verstummten Großmäuler, wobei er es
wie eine Kanone hin und her schwenkte
und somit auf jeden zielte.

"Ich könnte, wenn ich wollte, Euch wie einen Haufen
räudiger Hunde niederstrecken, wenn ihr euch mir
widersetzt. Doch ich bin ein Ehrenmann.

Schluss jetzt mit den Narrenspielen.

Geht auf der Stelle nach Hause, der Gerechtigkeit wird
genüge getan.

Der Brandstifter wird aus der Gemeinde ausgeschlossen.
Er verliert somit sein Eigentum und sein Wohnrecht.

Denn von Stund an sind die Geschädigten,
die rechtmäßigen Besitzer.

Der Brandstifter ist fortan vogelfrei.

Mag er gehen, wohin es ihm beliebt. Die Welt ist groß
genug. Sein Weib und seine Brut mag er mitnehmen."
sprach Justin, im strengen Ton.

„Und seid sicher - wir werden niemals irgendwelche
abartigen Foltermethoden aus dem Mittelalter
übernehmen und anwenden.

Für alles gibt es eine andere Lösung zu strafen - wie zum
Beispiel Arbeitsdienst.

Und für schwere Vergehen verfügen wir

über eine Haftstrafe. Die Dauer des Einsitzens
lassen wir von Euch - der Gemeinde als Juri abstimmen
und festlegen."
Ich hatte mit großem Interesse seinen Worten gelauscht
und zustimmend genickt.
"Oh je - jetzt müssen wir auch noch ein Gefängnis bauen,"
sagte ich zuallerletzt.
"Ja - das wird wohl nötig sein," räumte er ein.
Die neue Regelung hat uns zu Juristen und Komplizen
gemacht, denn wir waren in allen Punkten einer Meinung.

Die Abende waren so lang - nach Sonnenuntergang,
ohne gesellige Abwechslung.
Alles war so düster. Keine Laterne erhellte die Straßen.
Nur das spärliche Licht der Öllampen und Kerzen
in den Häusern, zauberte ein gespenstisches Schattenspiel
in die Gassen.
Das alles waren Justins so gepriesene Zöglinge,
gleichwohl waren sie nicht besser, noch schlechter
als jeder Mensch auf der Welt, im ewigen Kampf
gegeneinander.
Vermutlich waren darunter auch Justins eigene Kinder
und Enkel.

.

.

Was weis ich denn schon, wie er sich ausgetobt,
seine heiße Glut abgekühlt hat, bevor ich auf der Bühne
erschien? Überlegte ich.

"Nun müssen wir mal wieder den Baumarkt
in der Vergangenheit aufsuchen,"
eröffnete Justin mir bereits am nächsten Tag
nach dem scheußlichen Vorfall.
"Neue Eisenträger, Stahltüren und natürlich Holzbalken
für das Dach, müssen umgehend besorgt werden.
Unser Waldbestand muss noch Jahre wachsen
und gedeihen, bis wir unabhängig sind.
Es wäre eine Sünde jetzt schon mit dem Abholzen
zu beginnen.
Eine kleine Reise in die lärmende Zeit, wird dir ein wenig
Abwechslung und neuen Lebensmut bringen."
"Ja freilich werde ich dich mit Wonne begleiten.
Doch dieses Mal wirst du keine Ausreden erfinden.
Du wirst mich endlich zu meiner Heimat - meinem
Geburtsort führen.
Denn in dieser Zeit wird sie doch mit Sicherheit noch
existieren.
Wenn sie auch hier, nur noch aus einer öden
Wüstenlandschaft besteht.
So will ich mein Geburtshaus sowie die Häuser meiner

Nachbarn sehen.

Wenn sie auch alle inzwischen längst gestorben sind,
werde ich gewiss noch auf dem Friedhof die Gräber
und Grabsteine mit ihren Namen finden.

Schließlich hast du mich ja nicht vom Baume gepflückt.
Auch ich muss doch eine Vergangenheit haben!"

"Wie du es wünscht, doch es wird eine große Enttäuschung
für dich sein, die ich dir gern erspart hätte.

Denn du wirst dort kaum etwas anderes, wie eine Wüste
vorfinden.

Nun ja, ein paar verfallende Gehöfte, durch die der Wind
weht und verdorrte Gestrüpp Ballen treibt,
wie du es sicher in einem verlassenen Westerndrehort
gesehen hast."

"Ich versteh nicht was du damit sagen willst?"
fragte ich verständnislos.

"Nun ganz einfach: Die ganze Gegend, das gesamte
Magdeburger Land, bis an den Harzrand,
ist schon vor vielen Jahrhunderten zu einer riesigen
Wüstenlandschaft mutiert und völlig ausgestorben.

Denn dort ist seit Jahrhunderten kein Regen
mehr gefallen. Aber das kannst du ja alles nicht wissen,"
räumte er ein, doch dabei log er nicht.

"Oh wie schrecklich und enttäuschend.

Doch jetzt, wo du es sagst, schwirrt es mir im Hinterkopf,
davon schon gehört zu haben.

Aber wann und wo haben wir uns kennen und lieben
gelernt? Ich entsinne mich an kein romantisches
Zusammentreffen - noch an den Anfang,
als wir uns das erste Mal sahen - und wie du behauptest,
uns auf der Stelle ineinander verliebten!"
"Nun ja - du hast eben alles vergessen nach deinem
grässlichen Unfall.
Weis Gott, du hast einen schweren Schaden erlitten.
Du warst wohl tagelang verschüttet - bis ich dich gefunden
und aus den Trümmern geborgen habe.
Du warst mehr tot als lebendig.
Eine unendlich lange Zeit lagst du danach im Koma
und hast leider all das Schöne was vorher war,
vergessen," log er.
Bis auf das Körnchen Wahrheit das seinem Bericht
innewohnte, war der Rest frei erfunden.
"Wow, wo war das genau - zeig mir die Stelle und den Ort,
an dem wir uns kennenlernten. Ich muss wohl noch sehr
jung gewesen sein- damals."
"Oh ja gewiss doch, du warst ein entzückendes
kleines Goldstück.
Einfach atemberaubend - das Mädel, das mich auf der
Stelle verzaubert und sogleich in seinen Bann gezogen hat.
Mein Herz begann zu rasen - es war Liebe
auf den ersten Blick.
Seitdem habe ich keine andere mehr begehrt.

Auch du warst verliebt bis über beide Ohren und bist mir
gefolgt auf all meinen Wegen.
Sogar vor dem Flug mit dem Raumschiff, bist du nicht
zurück geschreckt.
Das war unser Glück, denn während dessen
ist das fürchterliche Desaster geschehen - das alles Leben
vernichtete - erzählte er diesmal eine andere Version,
die mich aufhorchen ließ.
Alle unsere Lieben sind umgekommen, wir beide waren
somit die einzigen Überlebenden.
So mussten wir ganz von vorne beginnen.
Doch plötzlich warst auch du verschwunden.
Nun - du weißt ja, wo ich dich schließlich wieder gefunden
habe.
Ist nun alles gesagt?" fragte er, leicht genervt.
Oh ich Tor, ich träume mich immer mehr
in Wunschträume.
In Wahrheit hat sie noch nicht mal die drei magischen
Worte ausgesprochen: Ich liebe dich! dachte er zerknirscht.
Nun gut, so will ich mich vorerst damit begnügen.
Doch gibt es noch so viel, was ich nicht von ihr weis,
aber sie läuft mir ja nicht davon.
Später muss sie mir noch einiges erklären.

Mein Gott was soll ich ihr jetzt noch sagen.
Etwa das er Carla in Wahrheit das erste Mal
im Restaurant des Einkaufscenters im Jahre 2040
begegnete. Damals hat sie ihn als bemerkenswert und sehr
interessant erachtet. Nun, er sah super aus und ließ seinen
ganzen Charme spielen, um sie zu gewinnen.
Zudem war er, wie sie Zeitreisener,
der Erste und Einzige - welcher, außer ihr und Günter,
des wundersamen Reisens kundig war.
Das machte sie beide quasi zu Verbündeten.
Doch sie verloren sich wieder aus den Augen.
Denn zu der Zeit war sie bereits gebunden.
Seitdem hat sich so manches verändert, erinnerte er sich
wehmütig zurück.

"Nun steht erst mal unsere Zeitreise an," holte ich ihn,
aus seinen Erinnerungen zurück.
"Ich bin schon ganz aufgeregt auf die neuste Mode.
Ein neues Kleid und schicke Schuhe kann ich gut
gebrauchen."
"Ja auch ich habe eine lange Liste des zu besorgenden.
Auf keinen Fall darf ich ein paar Säcke Zement vergessen,
um für einen stabilen ausbruchsicheren Bau,
den Grundstein legen zu können.
Auch ein paar Eisenstreben für die Haltbarkeit des Daches
waren von Nöten."

Doch bei sich dachte er: Ein paar kräftige Kerle wären mir
für diesen Kraftakt lieber.
Doch keiner der Männer war bereit, nochmal auch nur
einen Fuß in den Zeitkanal zu setzen.
Die Höhle war ihnen unheimlich, aus Furcht in der alten
Zeit, der sie entkommen waren, erneut fest zu sitzen.
Nein und noch mal nein.
Hier hatten sie ihr Heil gefunden.
Nichts würde sie von hier fort bringen.
Hier lebten und gediehen ihre Kinder, hier war ihre
Gegenwart und ihre Zukunft gesichert.

"Du musst dich noch ein wenig gedulden,
denn vorher müssen wir noch die Baugrube ausheben
und schon alle Vorbereitungen treffen.
Es ist nicht richtig von mir, aber vielleicht
könnte ich den Verbannten, der noch immer in unserer
Umgebung herum geistert, für meine Pläne begeistern?"
"Und als Dankeschön für seine Mühe Rehabilitieren?"
fragte ich, ein wenig spöttisch.
"Nein natürlich nicht, das kann ich nicht machen.
Stell dir vor - ich weis wo er sich versteckt hält!
Er haust mit seiner Sippe unter den Ruinen,
in einem düsteren Kellergewölbe.
Was ich schweigend dulde."
"Doch wovon ernähren sie sich."

Auch ich wusste von ihrem Verbleib.
Nun schlug ich freundschaftlich vor, zwischen ihm
und Justin zu vermitteln, mit dem Versprechen,
er könnte seinen Acker mit Kartoffeln und Gemüse
weiterhin abernten.
Doch durfte er sich von den aufgebrachten Siedlern
nicht sehen lassen.
Der arme Kerl hatte keine andere Wahl und somit
seine einzige Chance, wieder eines Tages
in die Dorfgemeinschaft aufgenommen
zu werden, als in der Unterwelt - sein weiteres Leben
zu fristen. Zwar hatte er sich mit viel Fantasie
eine neue Bleibe aufgebaut, doch die Gesellschaft zu den
anderen ehemaligen Kumpeln fehlte ihm.
Zudem begann sein Weib zu klagen.
Von den unglücklichen Kindern ganz zu schweigen.
Da ihm ein Lohn versprochen wurde, nahm er nur zu gern
das Angebot an.
Was sollte ihm schon passieren. Selbst wenn er nicht
zurück kommen konnte. So war doch die Zukunft
seiner Kinder gesichert.
Sollten die rechtschaffenen Bürger auch zunächst in Groll
und Feindschaft seine Kids meiden.
Die Zeit ist geduldig und alles würde sich schon
mit der Zeit regeln.

Kapitel 17 Die andere Zeit

Günter der am Ende von 18 Hundert lebte, jedoch
nicht auf die Neuigkeiten der modernen Zeit verzichtete,
wie Fernseher und Computer,
Kaffeemaschine, Microwelle, Elektroherd - so wie einer
tadellos funktionierenden Heizung und Wasserversorgung,
benötigte für diesen Luxus stets neue und eigenständig,
funktionelle Generatoren, um seinen gehobenen
Lebensstandard aufrecht zu erhalten.

Da er unterdessen allmählich wieder an den Festlichkeiten
im Schloss teilnahm, traf er all seine Bekannten wieder.
Gleichwohl hatte er sich im Laufe der Zeit mit Albert,
der Carla ebenfalls sehr verbunden war, angefreundet.
Zudem waren sie verwandt und verkehrten
in denselben Kreisen.
Sie hatten ein gemeinsames Thema
und deshalb sich viel zu erzählen, denn beide hatten ein
Faible für Carla.
Albert der nun bereits ein wenig der Zukunftsmusik
zustrebte - also einen Fernseher,
den er bei Günter kennen und lieben gelernt hatte
und einen dazu nötigen Generator,
wenn möglich das neuste modernste,
leistungsfähigste Modell zu erwerben gedachte
und sich nun an Günter hielt.
Daher hatte sich Günter entschlossen diesmal,

gegen seine Gewohnheit, das große Center,
in dem er alles finden konnte, im Jahre 2090 aufzusuchen.
Wohin selbstverständlich auch Jonny
sie begleiten würde.
So war es nicht nur Zufall, sondern eine glückliche Fügung,
was darauf geschehen konnte - später, wenn es so weit
war.

Die jungen Männer der Kommune meldeten
sich freiwillig und voller Tatendrang, den Grundstein
für den Kerker zu legen.
Ein jeder wollte dabei sein, wenn das historische Bauwerk
entstand.
Das Wort Kerker, wie ihn sich die Einheimischen
vorstellten, gefiel uns nicht.
"Es soll kein moderiges, unterirdisches Verließ werden,
Jungs," belehrte Justin die Irrgläubigen.
"Vielmehr dachten wir an einen ausbruchsicheren Bau,
in dem jeder der Unrecht gehandelt
und dem anderen Schaden zugefügt hat, in Sicherheit
seine Strafzeit aussitzen kann.
Je nach der Schwere seines Vergehens.
Wobei ein unverbesserlicher Mehrfachtäter,
möglicherweise den Rest seines Lebens im Bau
verbringen wird.
Also werden auch vergitterte Fenster von Nöten sein.
Denn ich gedenke nicht einem menschlichen Wesen

in seiner auch noch so abartigen Boshaftigkeit,
in ewiger Dunkelheit das Sonnenlicht zu verwehren."
fügte er hinzu.

In der Sonnenhitze schwitzend, Schaufel für Schaufel
aus der harten Erde aushebend, plagten sie sich
unermüdlich. Von den Frauen und Töchtern mit Speis
und Trank reichlich versorgt.
So war für den flüchtigen Beobachter kaum
eine Veränderung, noch ein Fortschritt zu ersehen.
Doch zu Tagesende sah man klar die Spuren
der Resonanz des Geschafften.
Ein paar Tage noch und das Fundament so wie der Estrich,
konnten gegossen werden.
Dafür jedoch fehlte noch der Zement, der erst noch besorgt
werden musste.
Ein jeder trug mit seiner Hilfe zum Gelingen bei.
Bis auf Rudolf dem Brandstifter.
Der jedoch war gewiss nicht untätig.
So war er besessen davon, unermüdlich Nachkommen
zu zeugen, am laufenden Band.
Bah - was brauchen wir die anderen, die uns meiden.
Eines Tages wird unsere Sippe groß und mächtig sein,
wir schaffen uns eine eigene Kolonie,
so dass die dünkelhaften Angeber, noch vor uns zu Kreuze
kriechen werden, dachte er manchmal in seinem Frust
und zu Untätigkeit verurteilt.

Denn zurzeit hatte er keinen einzigen Freund,
der ihm beistand.

Die Zeit unserer Reise rückte nun langsam näher.
Meine Geduld wurde auf eine harte Probe gestellt.
Ich fieberte dem Aufbruch entgegen.
Doch immer wieder verzögerte er sich.
Dies und Das musste noch erledigt werden.
Zwei neue Erdenbürger drängten, die Welt zu erblicken.
Und zu allem Übel verstarb ganz plötzlich
unsere Wirtschafterin, die gute Seele des Hauses,
die es verdiente im festlichen Rahmen mit allen geläufigen
Ritualen beigesetzt zu werden.
So stand auch noch eine Beerdigung an.
Zudem musste nun noch eine neue Mamsell
ausgewählt werden.
Gegen meine Beteuerungen, eine Haushälterin
wäre nicht nötig, nahm Justin es sehr genau.
"Nicht irgend - Eine sollte es sein.
Nicht zu alt, doch auch nicht zu jung."
Meine Güte, welch ein unnötiges Theater er veranstaltete.
So ließ er alle infrage kommenden Frauen
Revue passieren.
Die Wahl fiel schließlich auf eine Witwe,
mittleren Alters.
In meiner Ungeduld erklärte ich mich kurzerhand
mit dieser Auswahl einverstanden.

Unser Koch hatte sich längst, mit meinem Segen
selbstständig gemacht.
Mit einer sehr gefragten Bäckerei.
So oblag mir allein die Verköstigung und Bewirtung
der Trauergäste, welche aus der halben Gemeinde bestand.
Nun stand nichts mehr unserer Zeitreise im Wege.

Rudolph der Verbannte, hatte seine beiden ältesten Söhne,
zu seiner Begleitung, für das außergewöhnliche Abenteuer,
das er ihnen vorgaukelte und rosig redete,
gewinnen können.
Was Justin sehr gelegen kam.
Denn einen vierten, kräftigen Mann, konnten wir für
unsere Aktion gut gebrauchen.

So starteten wir endlich an einem verregneten
Herbstmorgen.
Das Wetter bei unserem Aufbruch, spielte keine Rolle.
Wir wussten ja nicht, wie der Himmel sich präsentierte,
in der anderen Zeit und was uns erwartete.
Es konnte ja ganz anders sein, als hier.

Ein ganzer Tag mit Schaufenster Bummel, mit Flanieren
und Restaurant - Besuch, war mir versprochen.

Ich staunte, als wir aus der Höhle traten.
Verwundert schaute ich auf den Platz herab.
Es war der gleiche Ort, den ich von vorher kannte
und schon mehrfach betreten hatte.
Dennoch war alles anders.
Alles war größer, so als hätte es sich verdoppelt - als wären
viele Jahre vergangen, obwohl unser letzter Trip kaum
mehr als 8 Monate zurück lag, was ich damals nicht
wusste - war es genau 40 Jahre später.
Während mein Hirn rasch registrierte: Hier lagen viele
Jahre dazwischen - reagierten die drei hausbackenen
Männer völlig verwirrt und explosiv mit verzücktem
Staunen - was ihnen laute ooohs entlockte.

Sie hatten sich auf unser Anraten in Arbeitsoverals
gekleidet, um nicht als Karnevalsgecken, in ihren
altertümlichen Beinkleidern und Joppen,
aller Blicke auf sich zu ziehen, doch nun gerade dieses
hervorriefen.
"Mein Gott seid still, alle sehen sich schon nach uns um.
Das hier ist nicht real - ist nur ein Blick
in eine andere Zeit.
Man wird euch noch für entlaufene Irre halten
und euch einsperren.
Also staunt leise," ergänzte ich, grinsend.
"Ich werde euch jetzt allein lassen und euch nicht weiter
ablenken.
Denn ich werde erstmal die neue Boutique aufsuchen,
später stoße ich dann wieder auf euch."
"Nein bleib bei uns, später werden wir dann gemeinsam…"
hörte ich Justin noch protestieren.
"Ich werde schon nicht verloren gehen," rief ich lachend.
Meine Güte, ich benötige doch nicht ewig einen Aufpasser,
dachte ich belustigt, während ich mich eilig
entfernte - und ging meinen Weg über den großen Platz,
den lockenden Schaufenstern entgegen.

Kapitel 19 Geliebter Unbekannter

Drei andere Männer hatten sich just an diesem Tage
auf den Weg, zu eben dem gleichem Ort begeben.
Albert, Günter und natürlich Jonny,
Günters Diener, ständiger Begleiter und Gefährte.
.

Wie immer streiften Günters Augen
die Menge - suchten die "Eine".
"Oh Mann, du hörst mir gar nicht zu - glaubst noch immer,
in jedem Blondchen deinen Engel - die Carla zu sehen
und bist immer wieder enttäuscht.
Auch diese dort ist es nicht, selbst wenn sie auf den ersten
Blick so erscheint.
Nun geh schon weiter Kumpel," brummte er und schob
den Freund ungestüm weiter.
Doch er selber stutzte, nach einem weiteren Blick zurück.
Donnerwetter diese Ähnlichkeit war unglaublich.
Das kann keine andere sein.
Die Carla gab es nur einmal.
Alles an ihr war einmalig.
Ihr Gang, wie sie sich bewegte, ihr Haar,
die zarte anmutige Gestalt
und ganz unverkennbar ihr liebliches Gesicht mit den
märchenhaften Augen, die dich sogleich verzaubern,

wenn ihr Blick dich trifft, dachte Albert,

in seiner noch immer nicht erloschenen Verliebtheit.

Jetzt schaut sie herüber.

Mein Gott, sie ist es wahrhaftig.

Ohne es zu merken, lief er ihr wie von einem Magneten

angezogen entgegen.

"Oh Carla du bist es wirklich?.

Von tausend Frauen hätte ich dich wiedererkannt.

So komm unter meinen Schutz.

Hält er dich etwa gefangen, dieser Despot mit dem

schlechten Ruf?"

War das nicht der Albert, mein einstiger Gefährte, der mich

in die Steinzeit begleitete?

"Oh Albert welch eine Freude, dich hier wiederzusehen

nach der langen Zeit!

Aber wovon sprichst du, was ist das für eine merkwürdige

Frage.

Mich hält keiner gefangen, ich kann gehen, wohin ich will,"

betonte ich übertrieben, doch unsicher geworden.

War es nicht so die ganzen Jahre, oder?

"Aber warum bist du denn nicht eher gekommen - hast

dich nie gemeldet.

Er ist bald wahnsinnig geworden."

"Aber wer denn, von wem sprichst du?"

"Was, das weist du nicht mehr?

Wie herzlos und flatterhaft, du doch bist.

Ich spreche von Günter, deinem angetrauten Gatten!"

"Der kann nicht mein Gatte sein, denn dort vor dem
Bauladen - ist mein Gatte, sieh nur, dort steht er
und wartet auf mich."
"Aber das ist doch nicht dein richtiger Gatte - der Günter
wartet schon so viele Jahre auf dich.
Du kannst doch nicht mit zwei Männern
verheiratet sein!"
"Was sagst du da - ich verstehe nicht ganz."
Ein Schwindel erfasste mich, während ich auf den einsamen
Mann, vor dem Eingang des Bistros starrte.
Auch seine Augen hatten mich erfasst - aus der Ferne.
Was war das für ein Mann, der eben noch bei dir war?
Oh mein Gott - mein Herz setzte aus.
"Ich glaube, ich habe mich soeben
in diesem kurzen Moment, unsterblich verliebt."
wisperte ich.
Ich sah ihm nach und konnte nicht widerstehen,
ihm nachzueilen.
Er war nicht etwa im Gedränge verschwunden,
nein er wartete vor dem Bistro auf mich.
Seine Augen verbrannten mich.
Ich glaubte die Sinne zu verlieren.
Ein unbeschreibliches Glücksgefühl überwältigte mich.
Sein Herz flog mir entgegen, ich brauchte es
nur aufzufangen.
Vermutlich blutrot bis in die Haarspitzen hauchte ich.
"Wer bist du Fremder - mir ist, als würde ich dich

schon mein Leben lang kennen, obwohl ich dich heute
zum ersten Mal sehe."
"Du siehst mich bestimmt nicht zum ersten Mal - liebste
Carla, denn ich bin dein Mann, sowie du meine Angetraute,
seit vielen Jahren bist."
Ich glaubte mich verhört zu haben.
"Aber ich weis nichts davon."
Ich sollte nun glauben: Du bist eine Fremde.
Aber es gibt keinen Zweifel.
Sodann sprudelten auch aus ihm, fast die gleichen Worte
wie sie Albert entschlüpften.
"Oh Carla, unter Million Frauen würde ich dich stets, sofort
wieder erkennen und lieben.
Meine Liebe zu dir ist unlöschbar," sprach er zärtlich,
während seine Augen mich verbrannten.
"Aber ich bin doch mit Justin verheiratet," stammelte ich,
unsicher geworden.
"Bah - ich dachte mir, dass er es dir einreden würde,
solange bis du es glaubst.
Aber ich bin sicher - kein Priester oder Standesbeamte
hat euch getraut, oder kannst du dich daran erinnern?
Das ist alles nur Wunschdenken von Justin.
Zu gern wüsste ich wie er dich manipuliert hat,
alles zu glauben was er dir eingeredet hat."
Ich schnappte nach Luft.
"Das alles ist zu viel auf einmal für mich," flüsterte ich,
am Rande des Erträglichen - den Tränen nahe.
"Ich glaube ich vergehe.

Diese trügerische Welt, die mir alles genommen,
hat mich total verstört, so dass ich an nichts mehr glauben
kann, " brachte ich noch heraus und sackte zusammen.
"Aber du gehörst hierher zu mir, nur bei mir
bist du zu Hause," hörte ich ihn raunen.
Ich lag erschüttert und kraftlos in seinen Armen.
Ein überwältigender Glücksmoment, den ich bei Justin nie
empfunden hatte, erwärmte meine Seele.
Ich war endlich bei ihm.
War der Bann gebrochen?
Diesmal war es Günter der mich auffing
und wie eine Puppe davon trug, an dem staunenden
Albert vorbei.
Ein Mann stand neben Albert, den ich auch wieder
erkannte.
"Mensch Kerl, öffne das Auto, aber schnell.
Ich muss sie umgehend in meiner Praxis untersuchen!"
"Aber Graf, hier ist weder dein Auto noch deine Praxis,
wir sind doch in einer ganz anderen Zeit!"
rief Jonny kopfschüttelnd.
„Zuerst müssen wir durch den Zeitkanal."
Günter trug mich in das andere Bistro,
welches nur von außen wie ein Bistro erschien,
denn es war eine urige, gemütliche Kneipe,
wie es sie nur noch selten gibt.
"Meine arme Kleine, dich hat der Schreck des Grauens
so zerstört, das du dein Gedächtnis verloren hast,"
murmelte er zärtlich.

Ich nickte verständnislos, während leise Musik meine aufgewühlten Nerven beruhigte.

"Wenn du mir noch immer nicht glaubst,
so höre unsere Lieblingssongs aus der Musikbox,
dann wirst du verstehen," beseitigte Günter meine anfänglichen Zweifel.

Denn die folgenden alten Scheiben, lösten tiefe Emotionen bei mir aus.

Bei Gott, das war die Musik aus unseren Anfangszeiten.

"Lösen sie nicht verschüttete Erinnerungen bei dir aus? fragte Günter.

Aus der Musikbox erklang, oh welch ein Wunder
mein Lied - unser Lied "Sweets for my Sweets"
das so viele Jahre in meinem Inneren verborgen,
auf sein wieder aufleben wartete.

Alles war plötzlich wieder da, wie konnte ich das alles - unsere einmalige schöne Zeit, in der unsere Liebe erwachte, jemals vergessen!

Ich konnte nicht mehr denken, ich musste meine Augen schließen und war einen Moment in der alten Zeit.

Das war unsere Zeit.

Der Klang einer besonderen Zeit - unsere Zeit.

Diese alten Reißer warfen mich um - weckten verborgene Erinnerungen.

Alles drehte sich in meinem Kopf.

Das Gefühlschaos wollte mich erdrücken - machte mich benommen, überwältigte mich.

Alles wurde schwarz, der Boden tat sich auf

und verschlang mich.
Einer Ohnmacht nahe, versuchte ich die Tränen der
Rührung zurück zuhalten...
Aufgewühlt - keines Wortes fähig, denn kein Wort wäre
groß genug, meine Gefühle zu beschreiben.
Ich wollte davon laufen.
"Ich muss jetzt allein sein, mein Hirn wieder in Gang
bringen."
"Nein - oh nein, du kannst jetzt nicht gehen,
bleib bei mir." rief er flehend, denn das war die Zeit,
als unsere große Liebe erwachte.
"Oh mein Liebster, ich weis nun, dass wir zusammen
gehören, nur jetzt geht es nicht.
Sag mir welche Zeit war es, die uns untrennbar zusammen
schweißte und welches Unheil uns dennoch trennte!"
"Es war das Jahr 1876 um Ende Juni,
lange bevor der Onkel verstorben ist.
Doch jetzt und hier, ist das Jahr 2090.
„Wir mussten damals noch sehr jung gewesen sein
und voller Rosinen im Kopf."
"Sweets for my Sweets" klang aus der Musikbox
einer der gemütlichen Eckkneipen von damals
in der reellen Zeit, in der wir uns trafen."
"Oh Ja, bis dahin erinnere ich mich genau.
Ich sehe Gesichter - Waltraut und den nervigen
Fotografen - mein Riesenbild auf einer Litfaßsäule
und auf vielen Glanzjournalen.
Ich sehe meinen kleinen Bungalow

in einem verwilderten Garten.
Doch in der Kneipe sah ich dich zum ersten Mal
und stand sogleich in Flammen.
Damals wolltest du, dass ich mit dir gehe,
für immer und ewig.
Aber du gingst alleine fort und ich sah dich
nicht wieder. Aber warum war dann Schluss, noch ehe
es begonnen hatte?"
"Es war niemals Schluss, nur eine unliebsame Pause,
durch Justins dreistes Eingreifen geschaffen.
Doch unsere starke Liebe, hat alle seine Gemeinheiten
überstanden und letztendlich immer gesiegt."
"Das kann nicht sein, das verwechselst du
mit einer anderen Frau, denn danach habe ich dich
nie wieder gesehen." sagte ich, hilflos den Kopf schüttelnd,
den Tränen nahe.
"Ja - hast du denn alles vergessen?"
Er hielt sich erschüttert die Hände vor das Gesicht.
"Aber ich erzählte dir doch längst, was damals passierte,"
rief er, vorwurfsvoll und schüttelte wild den Kopf.
"Der Justin war an allem Schuld, er hat mich
mit K.O. Tropfen außer Gefecht gebracht und in der
gewissen Nacht im Walde ausgesetzt.
Du warst natürlich inzwischen gegangen, danach..."
"Sag nichts mehr - noch mehr kann ich nicht
ertragen. Ich werde jetzt gehen - muss alles erst
verarbeiten."
Doch Günter sprach weiter in seiner Not - wollte

sie noch halten.

"Wenn es dich auch nur ein bisschen zu mir zieht
und du noch einmal zurück kommst,
dann werde ich dir die alten Schriften zu lesen geben.
Darin steht was du anscheinend alles vergessen hast."
"Welche alten Schriften? fragte ich verwirrt.
"Deine Schriften, darin steht dein - unser ganzes Leben.
Also - wenn du es willst und bereit bist..."
Ich zuckte die Schultern, total überfordert,
mit der neuen Situation.
"Ich muss jetzt gehen, wiederholte ich,
muss all das erst verarbeiten.
Doch ich werde wiederkommen, wenn ich frei
im Kopf bin und wenn ich kann.
Vielleich schon in einem Monat oder erst in einem Jahr.
Wenn es mir gelingt, da gibt es noch einiges zu regeln!"
Doch es war so schwer jetzt zu gehen.
Ich durfte mich nicht mehr umsehen.

Allein schwebte ich aus der Unwirklichkeit,
als wäre ich in diesem Moment ein Nichts
zwischen zwei Welten.
In meinem tiefsten Elend, dem Würgen im Hals
und den unterdrückten Schluchzern,
nun freien Lauf zu lassen - in einer geschützten Ecke,
wo ich alleine war.
Mit tränenverschleiertem Blick sah ich,

nicht weit von mir Justin stehen.

Ich wollte ihn jetzt nicht sehen, lief blindlinks weiter.

Doch das war nicht mehr der tolle, unwiderstehliche Siegertyp, nein eher ein gebrochener, niedergeschlagener Mann, wie ich ihn nicht kannte.

Doch er mühte sich, auch in dieser Lage, sich zu verstellen.

War er doch ein Mann, der niemals aufgibt.

Er hatte schnell gecheckt was geschehen war und war zunächst völlig am Boden zerstört.

Jetzt ist alles vorbei, nun ist geschehen was ich schon immer befürchtet hatte.

Sie wird gehen, mich verlassen, sich in Verachtung von mir abwenden.

Seine heile Welt, auf Lügen aufgebaut, war zerbrochen.

Gleichwohl durfte er sich nichts anmerken lassen und dennoch cool erscheinen.

So trat er mir blitzschnell in den Weg, so dass ich unweigerlich in seinen Armen landete.

"Hoppla schöne Frau, wohin so eilig und wo kommst du her?

Ich glaubte dich dort in dem Modeladen.

Aber da hat man dich nicht gesehen!"

Jetzt konnte ich ihn nicht mehr ignorieren.

"Nun, dann war ich eben erst woanders.

Was kümmert es dich, wo ich zuerst hin gehe.

Wie kommt ihr mit dem sperrigen Transport zurecht," änderte ich, das Thema.

"Wir haben das gröbste geschafft.
Ich wollte die Bengels zum Essen in das Bistro einladen,
doch das ist ja gar kein richtiges Bistro,
eher eine Pinte, denn in das feine Restaurant, konnte ich
mit diesen Tollpatschen nicht gehen.
Sie hätten mich über die Maßen blamiert.
Dort jedoch ist ja nur eine Theke mit Getränkeausschank
und ich staunte, noch eine Musikbox,
wie in den 1970. Jahren.
Nun wartete er gespannt, dass ich mich dazu äußerte.
Denn er hatte sie ja soeben mit diesem verhassten Kerl,
händchenhaltend, in diesem Lokal gesehen.
Doch ich umging die versteckte Frage - wollte mein
kostbares Wissen nicht durch eine banale Antwort
entzaubern.
So sagte ich nur: "Ja, auch ich staunte, denn eine originale
Musikbox ist darin und zauberte tatsächlich auch Musik,
also die ganzen wunderbaren Songs der sechziger
und siebziger Jahre."
So nahm ich ihm den Wind aus den Segeln
mit unbestimmten Aussagen.
Denn solange meine Abtrünnigkeit nicht laut
ausgesprochen, war auch nicht geschehen,
was ihn kompromittierte.
So konnten wir zwangslos zu Tagesordnung übergehen
und ich musste nicht gleich am ersten Tag
Rede und Antwort stehen.
So blieben mir auch noch einige Stunden,

unsere verworrene Lage zu bedenken
und eine weitere Vorgehensweise für die nächste Zeit
zu treffen.
Da Justin mehr wusste, als er sich einzugestehen mochte.
Doch eines Tages muss alles zur Sprache kommen - sehr
bald schon. Das bedeutete ein sauberes Ende
mit allen Konsequenzen oder eine seichte Fortsetzung
ohne Achtung und Vertrauen.

Wir erledigten alle anfallenden Besorgungen gemeinsam.
Doch zwischen uns war dicke Luft.
Etwas war zerbrochen. Wir sprachen nur das nötigste
miteinander.
Ich wollte ihn nicht bloß stellen, aus Bequemlichkeit
und Feigheit, zumal wir beide wussten was die Uhr
geschlagen hat.
Ich wollte keinen Streit kein Donnerwetter kein plötzliches
Ende mit Schrecken.
Denn es war nicht alles schlecht, ich konnte seinen
besonderen Reiz nicht verleugnen.
Er hatte mir ja niemals böses gewollt, mich aber
im Gegenzug aufs übelste belogen und im ungewissen
gelassen.
Dennoch hatte er mich über die Maßen verwöhnt
und vergöttert.
Das jedenfalls musste ich ihm zugutehalten.
Jetzt lag es an mir Klug und Weise zu handeln - wohl

überlegt auf ein Ende hin zu arbeiten.
Doch vorerst mochte ich seine unmittelbare Nähe
nicht mehr ertragen.
Als wir aus der Höhle traten
und er unwillkürlich die Hand nach mir ausstreckte,
trat ich unwillig einen Schritt zurück.
"Sei vorsichtig Carla, einer der Träger könnte umstürzen
und dich treffen."
Doch schon war es geschehen.
Die Höhle war voll gepackt mit allerlei Stahlträgern
und sonstigem schweren Gerät.
"Sei vorsichtig und rühre nichts an,"
mahnte mich Justin.
Doch tatsächlich fiel ein Stahlträger um und traf mich
am Kopf, so dass ich blutüberströmt zu Boden fiel.
Doch außer einer scheußlich blutenden Fleischwunde,
mit einem stechenden Schmerz, war mir nichts geschehen.
Ich jedoch stellte mich Ohnmächtig.
Doch diesmal habe ich nicht die Erinnerung
und den Verstand verloren.
Obgleich es eine Option wäre, es so erscheinen zu lassen.
Eher wollte ich Justin nur einen kleinen Schrecken
einjagen. Vermutlich erschien es zunächst schlimmer
als es war.
Sicher wird sie schon morgen wieder aufstehen können,
wenn er sie sogleich der Medizinerin übergab.

Wieder war es das gleiche Bild wie damals, als er mit Carla
auf den Armen das Dorf betrat.
Betretenes Schweigen empfing uns.
Während die unwillkommenen Sträflinge, die uns
allerdings sehr willkommene Hilfe geleistet - sich längst
aus dem Staube gemacht hatten.
Wieder bildete sich ein Spalier Neugieriger um uns,
während Justin sie unwillig auseinander scheuchte
und beruhigte.
Alles war überstanden und gut ausgegangen,
überdachte er bedenklich die letzten beiden Tage.
Doch war es noch zu früh zu triumphieren.
Oder was sollte er davon halten, dass sie lieber mit ihm
gegangen - lieber bei ihm geblieben ist?
Konnte es möglich sein, dass der anspruchsvolle Günter,
das Grafensöhnchen sie nicht mehr wollte,
nach all der Zeit?

Kapitel 20 Die verlorene Zeit

.

So wandelte ich auf diesem Planeten mit dem steten
Wissen in der falschen Zeit zu leben.
Ich war zerrissen in zwei Existenzen.
Von nun an gab es für mich die Reelle - dahingegen die
künstliche Zeit.
Traum - Albtraum ohne Ende, ohne Erwachen, ohne baldige
Rückkehr aus der Scheinwelt, denn ich war mit mir selbst
nicht im Reinen.

Nach wenigen Wochen schon war mir klar: Niemals würde
ich noch ein weiteres Jahr hier durchhalten.
Nur aus Dank und Anerkennung für Justins aufopfernde,
liebevolle Fürsorge.
Doch er selbst hat es ja so gewollt und mich in diese
abhängige Lage gebracht.
Sollte ich aus Dankbarkeit oder Mitleid bleiben?
Ein Leben ohne Zank und Streitereien,
immer als empfindliche, exotische Pflanze gehätschelt
zu werden.
Aber ist nicht ein wenig Zank und Kabbelei, so wie
gelegentliche Zornesausbrüche,
wilde Ekstasen aus eifersüchtiger Wut entflammt,
dass die Fetzen fliegen, nicht nur reinigend - belebend,
sondern die Würze des Lebens.
Oh, wie köstlich ist dann die Versöhnung.

Auch Empfindungen anderer Art - Sinnlich, wohl aber
nicht immer erotisch. Verborgene Sehnsüchte
und Wünsche in den Augen des Liebsten lesen.

So träumte ich mich in Günters Arme, als ich auf meinem
Rückweg, um Pilze zu sammeln, eine kurze Rast
eingelegt hatte.
Doch warum nur träumen?
Ich könnte jetzt gehen, jetzt sofort.
Doch ohne ein Abschiedswort - zu gehen, nach solch
langer, Gemeinsamkeit wäre feige
und würde mich sehr belasten und einen Schatten
auf mein neues Glück werfen.
Nichts, außer meiner Arbeit, war mehr wie vorher.
Die Luft um uns war auf Spannung, als könnte sie jeden
Moment explodieren.
Auch schwieg ich, um nicht durch ein falsches Wort im Zorn
gesagt, das Ende heraufzubeschwören.
.

Er konnte warten und hoffen, dass sie schließlich
doch bei ihm bleiben würde.
Wäre sie sonst nicht schon längst gegangen?
.

10 Monate waren schnell vergangen. Doch es gab noch so
viel zu tun.
Meine Sehnsucht war inzwischen unerträglich.

24 Jahre verbanden mich nun mit Justin.
Eine lange Zeit die nicht so einfach
auszulöschen war.
Meine Güte, war es tatsächlich nur noch Mitleid,
was mich hier noch hielt?
So war es nur verlorene Zeit für mich.
Wenn ich einmal gehe, ist die Tür für immer zugeschlagen,
dann gibt es kein zurück mehr - und dann
würde ich in zwei Monaten gehen,
hatte ich mir als Ziel gesetzt.
Ich versah weiterhin den Schuldienst, so gut es mir
möglich war, versorgte den Haushalt
und träumte vor mich hin - träumte von einer glücklichen
Zukunft, aber nicht mit Justin.
Doch es war gewiss nicht alles schlecht, was mir das Leben
mit Justin bescherte.
"Ich habe dich vor der schrecklichen Willkür des Grafen
gerettet. Er und seine Schergen hätten dich getötet,
wenn ich nicht selbstlos eingegriffen hätte."
klangen seine Worte in mir nach.
Auch wenn es tatsächlich so war,
sollte ich denn aus ewiger Dankbarkeit
bei ihm bleiben und auf das wahre Glück verzichten?
Doch all die anderen Lügen, die er mir aufgetischt hatte,
einfach übergehen?
Oh - Justin der geübte Rhetoriker konnte mir alles erzählen
und ich hatte ihm geglaubt - wusste es ja
nicht besser damals.

Doch nun bin ich geläutert, jetzt wird es Zeit
mich auf eigene Beine zu stellen, mein verlorenes Leben
wieder zu finden.
Mittlerweile verzichtete ich auf die täglichen Besuche
der Bedürftigen.
Fest entschlossen zog ich mich mehr und mehr zurück
und wählte akribisch die passende Kleidung
für den besonderen Tag.
Ich darf diesen Tag nicht verstreichen lassen,
denn wie sollte ich Günter sonst finden in den vielen
Zeiten, die es gibt, grübelte ich, während ich mein Bündel
zurecht legte.
Als Justin mein Gemach betrat.
"Du gehst aus - alleine ohne mich? und wieso kleidest du
dich im Stil des 21. Jahrhunderts?
Die Leute werden dich für überkandidelt halten
und ich gehe davon aus, dass du mich verlassen wirst!"
fügte er heiser hinzu.
Was die Leute glauben , kümmert mich nicht mehr.
Mögen sie denken, das heute ein besonderer Tag
für mich ist - und einige ahnen wohl auch dass sie mich
so schnell nicht wiedersehen."
"Und du - nun ja - verdient hast du es allemal,
nachdem du mich so viele Jahre belogen hast."
"Aber ich sehe dich trotz allem nicht als meinen Feind,
eher als einen aufgezwungenen Zeitgenossen,
der jetzt seine gerechte Strafe verdient.
Obwohl ich es nicht als Strafe sehe."

"Du willst mich also nicht strafen?"
fragte er hoffnungsvoll.
"Ja du hast recht - trotzdem gehe ich jetzt.
So leb dann wohl mein falscher Gatte.
Bestimmt sehen wir uns wieder und können normal
und zwangslos miteinander umgehen."
"Aber du kannst mich doch nicht so einfach verlassen.
Ach - du willst mich nur erschrecken - willst mich strafen.
So strafe mich wie es dir nötig erscheint,
wenn du nur bei mir bleibst, wo du hingehörst.
Ich brauche dich so sehr.
Oder willst du alles, was wir zusammen aufgebaut
und geschaffen, aufgeben?
Was soll ich noch ohne dich, ohne die Kameradin - die Frau,
die ich so abgöttisch liebe.
Ich habe mir geschworen, dass du mir nicht entkommst,
in dem Glauben, dich eines Tages ganz zu gewinnen.
Doch nun steh ich vor den Scherben,
die sich zwar kitten ließen, jedoch ihre scheußlichen
Narben ewig behalten würden.
Zudem will ich keine Leihgabe für eine gewisse Zeit.
Nein - was ich habe, will ich nicht als Almosen,
sondern für immer besitzen."
Wozu ich unbeeindruckt den Kopf schüttelte.
Doch als all das keine Wirkung zeigte,
schwenkte er um.
"So geh doch - verschwinde aus meinem Leben,
du giftige Natter, die ich genährt , die mich mit ihrem Gift

verstört und verhext hat."
Oh, wie er reden konnte...
Doch er hatte keine Macht mehr über mich.
Dennoch trafen mich seine Worte tief, während ich nach
den passenden Worten rang und sie nicht fand.
Was sollte ich auch noch sagen?
Alles war gesagt.
Ich durfte jetzt nicht weich werden - musste einen
Schlussstrich ziehen.
Doch seine Pranken umschlossen mich noch immer.
Aufschluchzend riss ich mich los und lief blind
von Tränen, wie gehetzt davon, meinem Ziel
dem Zeitenkanal entgegen.
Ich stolperte, raffte mich wieder auf,
schaute nicht zurück.
Ich sah nicht die erstaunten Blicke, die mir folgten.
Keuchend erreichte ich die Höhle, das Tor, den Bahnhof
in alle Zeiten, die mich zu meinem wirklichen Leben
lenken sollten.

.

Was erwartete mich? War es die richtige Zeit - der richtige
Tag? und wenn nicht?
Sollte dann alles vergebens sein?
Ein Schritt aus der Höhle zeigte mir das Tal,
das unter mir lag, das große Einkaufscenter.
Voller Zweifel hüpfte ich den Hang hinab.
Da sah ich ihn stehen.

Er hielt schon Ausschau nach mir.
Oh, welch ein unbeschreibliches Glücksgefühl.
Wie auf Wolken flog ich ihm entgegen.
Auch sein Herz flog mir entgegen.
Während seine Arme sich ausbreiteten - mich aufnahmen
und die Welt um uns versank.
"So bist du also endlich gekommen - du meine Liebste,
mein Leben!" raunte er, tief aufatmend.
Wie oft habe ich hier gestanden
und vergeblich auf dich gewartet und dachte,
ich würde dich niemals mehr sehen.
Nun kann uns nichts mehr trennen.
Komm - geh mit mir für immer und ewig,
so wie es uns vorbestimmt."
Er zog mich durch die offene Tür hinter sich.
Es war die lauschige Kneipe wie vor einem Jahr.
Wie durch Zauberhand, erklang in diesem Moment
unser Lied und erweckte wie damals
all die verschütteten Emotionen.
Doch nicht nur der Ohrwurm des einen Liedes
ließ mein Herz schneller schlagen,
auch die folgenden, aus der vergangenen Zeit
wie : Sheila, Peggy Sue und gar noch der betörende
Schmusesong : Ginny oh Ginny come Lately, zauberten
mich in die sinnlich knisternd,
aufgeladene Atmosphäre jener Zeit.
Die Zeit dazwischen war ausgelöscht - war nicht mehr
.

als ein wunderlicher Traum.
Hier hatte alles begonnen und würde nun seinen Lauf
nehmen.

Schweigsam geworden, im Bann der vielen neuen
Empfindungen, die auf mich einstürzten,
legte ich selig meinen Kopf an seinen Kopf.
Wange an Wange, mit geschlossenen Augen,
genossen wir, dass überwältigende Gefühl der
Zweisamkeit, schlossen die Welt aus, nichts anderes
zählte mehr.
"Ich möchte dich nie mehr loslassen, du bist ein Teil von
mir," flüsterte er mir, zärtlich ins Ohr.
Unsere Hände fanden sich, unsere Körper vereinten sich
im Rhythmus der Musik zu einem Tanz,
dem schönsten Tanz.
Die Welt um uns versank.
Es gab nur noch uns beiden.
Ach, wenn dieser Tanz doch nie ein Ende nehmen würde.
Doch die Musik war längst schon verklungen.
Zaghaft, ein bisschen verlegen, lösten wir uns nur
zögernd voneinander.
"Wir sollten jetzt gehen.
Unser Haus wartet auf dich und dein geliebter Garten
ruft nach dir.
Nur leider müssen wir zuerst den Zeitkanal passieren,
um in unsere Zeit 1923 zu gelangen."
brachte er mich, in die Wirklichkeit zurück.

Justin wollte diese Abfuhr nicht so einfach hinnehmen
und folgte ihr nach einiger Zeit.
Doch er konnte sie nicht mehr sehen,
sie war verschwunden.
Sie muss doch noch in der Nähe sein.
Er setzte sein Fernglas an, um besser sehen zu können.
Jetzt sah er sie mit ihm durch die offene Tür.
Doch was er sah, wollte er nicht glauben, er rieb sich
die Augen.
Ganz versunken tanzten die Zwei ihren schönsten Tanz.
Er war vergessen existierte nicht mehr.
Er möchte hinlaufen - sie auseinander reißen,
doch er konnte sich nicht rühren, der Schock lähmte ihn.
Oh, wie ich diesen Kerl hasse und verfluche.
Immer hat er gewonnen.
Und dennoch habe ich es nie über mich gebracht,
ihn auf irgendeine mysteriöse Weise
zu beseitigen.
Der spritzige Konkurrenzkampf, den ich bei jedem anderen
Weib mühelos gewonnen hatte - nicht aber bei ihr,
war mir wichtiger, obwohl ich doch genau wusste - stets
den Kürzeren zu ziehen.
Denn **Ihn** liebte sie - nicht mich.
So habe ich den letzten Kampf endgültig verloren.
Zurück bleibt nur ein Wunschtraum.

Die nächsten Tage und Wochen genoss ich mit
allen Sinnen, mit meinem Liebsten - die köstlichen Stunden,
in denen wir uns kaum zu trennen vermochten.
Jetzt brannte ich darauf, die alten Schriften,
wie er sie nannte, zu lesen.

Alles wurde lebendig vor meinen Augen, so, als hätte ich
es selbst erlebt.
Ich hatte es ja auch alles selbst erlebt.
Es war nur verschüttet.
Nun wiederum träumte ich gelegentlich von der
künstlichen Zeit mit Justin - träumte, noch immer
bei ihm zu sein.
Doch in meinen Träumen war er kein herrischer Despot,
der immer Recht hatte.
Nein eher war er ein liebenswerter Kamerad, mit der Zeit
konnte ich ihm alles Niederträchtige verzeihen.
Auch wenn er mir verlogen, ein Märchenschloss
und Lügengebilde vorgesponnen hatte,
indem er die Tatsachen zu seinen Gunsten verdrehte
und mich, wie auch ihn, unbescholten,
ja ethisch rein erscheinen ließ.
Doch so rein und keusch war meine Vergangenheit
gewiss nicht.
Eher verworfen und sündig - musste ich jetzt

mit staunenden Augen, meine eigenen Sünden nachlesen.
Hier stand es schwarz auf weiß geschrieben.
So hatten wir uns - Justin und ich,
in kurzen aber heißen, wilden Romanzen,
immer wieder heimlich getroffen,
wie von Magneten angezogen.
Doch es war nie von Dauer.
Unsere Wege waren nie die gleichen.
Hier stockte ich verständnislos.
Doch ich wusste ja mittlerweile über Justins
Anziehungskraft auf das weibliche Geschlecht.
So auch auf mich.
Nun jedoch glaubte ich mich gefeit, denn an Günter
prallte er ab.

Ich war happy, Justin verblasste allmählich.
Sein Schatten der übrig blieb, mutierte im Laufe der Zeit,
zu einem guten Freund.
Er hat mir ja niemals böses angetan, dachte ich in rosiger
Erinnerung an unsere Zeit.
Wie schön und belebend wäre es, ihm als alten Freund
wieder zu begegnen.
Denn ich hatte noch lange nicht alles aus meinen
Aufzeichnungen gelesen.
So wusste ich nichts von seinen üblen Schandtaten,
die mich in tiefste Abgründe stießen
und immer wieder von meinem Liebsten trennten.

Kapitel 22 Wolfgang

An einem verregneten Morgen hatte sich auch Wolfgang,
Günters Sohn, eingefunden.
Doch nicht wie sonst immer adrett gekleidet und frisiert.
Nein, bärtig mit zottligem, schulterlangen Haar - in Lumpen
übel riechend.
So stand er verlegen grinsend vor der Tür.
"Darf ich denn eintreten?"
"Oh Wolfgang, was ist dir geschehen?
Ich dachte du hast längst eine Familie - Weib und Kinder
und praktizierst als geachteter Doktor irgendwo
in der Stadt!"
"Ach Carla, da täuschst du dich. Ich komme aus dem Krieg.
Ich habe fürchterliches gesehen und erlebt."
"Aber der Krieg ist doch schon lange zu Ende."
"Nun ja, ich wollte nicht in ein leeres Haus,
mit einer mürrischen, verhärmten Jammergestalt zurück
kehren.
So habe ich mich als Söldner der Fremdenlegion
angeschlossen.
Doch nun bin ich langsam zu alt für diesen Job."
"Oh wie willkommen du hier bist.
Wie kannst du nur einen Moment zweifeln."
sagte ich und breitete meine Arme aus.
"Oh Wölfchen, dass du nur wieder hier bist.
So werfe deine ganzen Lumpen ab.

Ich werde dir ein Duftbad bereiten
und dich von all dem Dreck befreien.
Danach werden deine verfilzten Haare fallen.
Sicher wimmeln sie von Läusen.
Dann werde ich alles im Garten verbrennen
und dir frische Kleidung von Günter zusammen suchen.
Dann bist du ein neuer Mensch, wenn Günter kommt,
kannst du ihm schamlos in die Augen blicken.
Nun los, genier dich nicht, runter mit dem stinkenden Zeug.

Nachdem ich ihn ab geschruppt hatte,
ließ ich ihn allein in der warmen Brühe.
Nun musste ich ihm rasch ein frisches Bett beziehen.
Doch in seinem neuen Outfit,
mit geschorenem Kopf, betrachtete er sich unbehaglich
im Spiegel.
Doch schon bald fiel er in mein aufmunterndes,
ansteckendes Lachen ein.
Er sah mir gelöst lächelnd zu, als ich ihm einen leckeren
Imbiss bereitete und schlang hungrig die Steaks
mit Bratkartoffeln hinunter.
Nun bist du wie neugeboren, wirst bald wieder
der Alte sein.
Doch zuerst wirst du dich ausschlafen,
solange du magst. Und wisse,
in deinen Zimmern, in der Mansarde
ist alles noch, wie du es verlassen hast.

Du wirst all deine liebgewonnenen Kleinode
noch am selben Platz vorfinden,"
beruhigte ich ihn und schob meinen zögernden Pflegling
energisch in sein Reich.
Dort steckte ich ihn ins Bett,
aus dem er erst am nächsten Tage, munter wieder
aufstand, als ich mit Günter am Mittagstisch saß.
Die Wiedersehensfreude allerseits,
war berauschend.
Wolfgang lief zu seiner alten Form wieder auf.
Er erfrischte und belebte mit seinem natürlichen Esprit
die Atmosphäre im Hause zusätzlich.
"Nicht nur ich, sondern auch du Vater, bist ein neuer
Mensch geworden.
Mann, ich erkenne dich kaum wieder." witzelte er.
"Nun ja, die Sonne ist wieder aufgegangen im Haus.
Das Licht meines Lebens erhellt es
und bringt unser Heim zum Strahlen.
Ein Haus, in dem wieder das Glück wohnt,
denn die Frau im Haus ist das Licht."
entgegnete Günter, augenzwinkernd.

Doch die Frau im Haus, brannte darauf,
endlich die alten Schriften zu entziffern und alles zu
erfahren - und sie erfuhr so manches Unfassbare.
Ach, wie ergreifend es zu lesen
und somit noch einmal zu erleben, war unser
langer mühseliger Weg, auf der Suche

nach einem zweiten, wenn auch berüchtigten,
zweifelhaften Zeitentunnel im Rübeland
vor 3000 Jahren.
Nachdem der hinterhältige Justin unser Zeitentor
am Rande des Riesengebirges gesprengt
und uns damit den Weg versperrt hatte.
Also das erschütterndste war es damals,
meine einstige Heimat, als sumpfige Einöde,
unbewohnt und im Hintergrund die wilden mystischen,
furchterregenden Harzberge zu sehen.
Während nördlich von uns ein riesiger Handelsplatz
mit Töpferwerkstätten, Gerbereien, Bronzegießereien
ihre Glut und heißen Dämpfe gen Himmel bliesen.
So wie Hölzerne und sonstige Meisterwerke
das Auge belebten.
Inmitten einer großen Siedlung aus Handwerkern,
fern der Neuzeit. In der auch mein Liebster
und ich aus Wissensdrang eine lange Zeit verbrachten.
Wobei Günter als geschätzter Medicus
für unseren Lebensunterhalt sorgte
und somit der Sippe, mit der wir lebten,
zu immensem Wohlstand verhalf.
Dort hörten wir auch zum ersten Mal den heiseren Klang
der Lure.
So sah ich mich noch immer im geistigen Auge,
umgeben von emsigen Weibern
und deren unzähligen Kindern, vor einem der legendären,
fensterlosen, strohgedeckten Hütten,

Hühnchen rupfend, sitzen.
Welch eine wundersame, doch gleichsam raue Zeit,
zurück blickend.
Dort hätten wir auch sesshaft werden können.
Doch die Sehnsucht nach unserer Zeit,
trieb uns bald weiter in den Harz, auf der Suche nach dem
sagenumwobenen Zeitenkanal, von dem die Bergleute
einst sprachen.
Doch das war ungewiss. Ebenso konnte es auch nur
Bergmannslatein gewesen sein.
Doch es war unsere einzige Möglichkeit,
jemals wieder in unsere Zeit zu gelangen.
So suchten wir und fanden schließlich die besagte Höhle.
Nach langem herumirren in den unwegsamen,
wüsten Harzbergen, erreichten wir endlich unser Ziel.
Doch wussten wir damals nicht,
ob die besagte Höhle uns in die Zukunft oder noch weiter
in die Vergangenheit führte.
In unserer Hoffnungslosigkeit jedoch,
mussten wir den Gang in die düstere Höhle wagen
und sie durchqueren. Wobei wir lange nicht wussten,
welche Zeit uns empfangen hatte.
Doch ich wusste, dass sie ihre mystische Ausstrahlung
nie ganz verlieren und als Baumannshöhle
in die Geschichte eingehen würde.
Der endlose Urwald gab uns zunächst keinen Aufschluss,
bis wir die ersten Menschen trafen,
die dort als Trapper und Pelzhändler, der Welt fremd,

uns misstrauisch betrachteten.

Diese Begegnung half uns nicht weiter, uns über die Zeit aufzuklären.

Für sie war Zeit - Sommer und Winter und ein ewiger Kampf ums Überleben.

Bis wir nach mühevollen strapazierenden Märschen das erste Dorf erreichten.

Zwar war das nicht unsere gewünschte Zeit, nur ein paar Jahre früher.

Ach, was bedeuteten schon ein paar Jahre früher.

Die Zeit ist schnell wieder aufzuholen.

Vertieft in das Geschriebene, unterbrach mich Wolfgang, der nervös ins Zimmer polterte.

"Oh Wolfgang, stör mich jetzt nicht, meine Lektüre ist gerade so spannend." brauste ich genervt auf, als Wolfgang mal wieder sein Kram verlegt hatte.

Wolfgang war paradoxerweise indes älter, als ich an Jahren erschien.

Ich weigerte mich innerlich, mein wahres Alter auszurechnen.

Vermutlich zählte es in diesem Leben kaum weniger als 100 Jahre.

Wo hingegen die vorigen Leben mitgerechnet - viele

hundert Jahre betrugen -- über die vielen Jahrhunderte
mit Aufenthalten in der Ur - der Stein - Bronzezeit,
dem Mittelalter - 18 Hundert bis ans Ende
der Zeit.
Wobei Günter und mir in diesem Leben bis jetzt
erst 20 Jahre von 1879 bis 1899 gegeben waren,
von denen ich jedoch nur aus den alten Schriften
wusste.
Doch die Abenteuer dazwischen, ließen mich taumeln.
Oh - je, welch ein aufregendes Leben.
Ich las von der erzwungenen Heirat mit Giesbert,
dem unsterblichen Sohn des Fürsten der Finsternis.
Weiter und nicht zu übersehen,
die Liaison mit dem Waldmenschen Rasputin,
sowie der verruchten, hitzigen Nacht
mit dem hinterhältigen Hauptmann,
der aus Unkenntnis über die tödlichen Schusswaffen,
im Übermut sein Leben selbst beendete.
So hielt er spöttisch lachend, gegen meine Warnungen
den Colt - am Abzug spielend vor seine Augen
und schoss sich ein Loch in die Stirn.
Weiter las ich staunend, wohl zum dritten Mal
die unglaublichen Sätze, die heute gar nicht mehr
nachvollziehbar sind.
Denn ich las von meiner ekstatischen Verfallenheit,
zu dem gnadenlosen, blutrünstigen Indianer Häuptling,

der gefürchteten Räuberbande, Herrscher und Aggressor
der Abtrünnigen. Der jedoch unter meiner Hand,
zahm wie ein schnurrendes Kätzchen wurde.
Während ich in brennender Liebe
zu ihm glühte und bis zu seinem Tode,
nicht mehr von seiner Seite wich.
Wonach ich diese alte Zeit sogleich verließ
um zu meinem verstoßenen Gefährten Günter,
den ich im Liebesrausch zu dem anderen - verlassen hatte,
reumütig zurückzukehren.
Doch zu meinem Entsetzen, gab es ihn nicht mehr.
Denn der hatte sein einsames Leben
längst selbst beendet.
Ist das gar der Strafe für meine Untreue nicht genug?
Denn mit meiner Ankunft im Tal, begann der Berg
mit dem Zeitenkanal, über mir zu brodeln,
wie bei einem Erdbeben und tief in seinem Inneren
zu krachen und zu bersten, worauf er explodierte.
Mich und alles Leben in seinem Umkreis begrub
und vernichtete.
Doch vorher hatte ich, als wenn ich mein Ende
geahnt hätte, den letzten Band meiner Schriften,
den anderen zugefügt, die ich im Berge in
einer winzigen Grotte deponierte, nachdem ich die letzten
Worte eingetragen hatte.

Jetzt kehre ich zurück zu meinem vernachlässigten, verstoßenen Liebsten.

Oh, wenn er mich nur noch ein ganz klein wenig liebt, und nicht in Verachtung fort jagt.

Waren meine letzten Worte, die ich schrieb.

Glücklicherweise überstanden die Schriften,
in der besagten Grotte die lange Zeit,
zwar wurden sie nicht gänzlich verschüttet.
Durch einen aufgebrochenen Seitenkanal hatte sich im
laufe der Zeit Wasser angefüllt,
doch die Schriften hatten in einer Luftblase alle Zeiten
überstanden.
Das sollte jeder tun. Wie interessant ist es von seinen
vorherigen Leben zu wissen
und seine Aufzeichnungen aus alten Jahrhunderten
nach langer Zeit auch nach Jahrhunderten wieder
zu finden.
Zwar wusste ich nach meiner Neugeburt lange nichts
davon.
Der Zufall wollte, dass der junge Graf Günter
vom Wissensdrang getrieben, dieser verstümmelte Berg,
faszinierte und er in seinem Entdeckungseifer,
eigenhändige Forschungen begann.
So fand er als erstes unter dem Geröll, mysteriöse Steine,

auf denen unter anderem die Zahlen eingeritzt
waren: **Millionen Jahre vor Christi - ich werde jetzt
sterben, keiner kann mich noch retten!**
So war es ein Hilferuf aus der Steinzeit, was den Altertums-
Forschern große Rätsel aufgab.
Denn vor der Zeit - konnte die Zeit vor Christi
keiner wissen - der dazu noch des Schreibens
kundig war.
Doch die alte Zeit war echt, wie es sich heraus stellte.
Auch Günter war es, der in seiner jugendlichen Neugier,
nach einem mutigen Tauchgang durch den Stollen,
auch die Bücher fand und sogleich an sich nahm.
Wo er sie in seinem Gemach sorgsam verbarg.
Freilich konnte er nicht lange widerstehen,
sie näher zu betrachten und sich schließlich
in sie zu vertiefen.
Doch was er las, warf ihn um, denn immer mehr
kam er zu der Erkenntnis,
dass er selbst in den alten Schriften, die Hauptrolle spielte.
Doch wer war die Autorin solch emotionaler
Ausdrucksweise?
Außer seinen Basen, mit denen er als Bub
schon manche Alberei ausgeheckt hatte,
war er mit keinem anderen weiblichen Wesen bekannt -
noch hatte irgendeine Schöne ihm den Kopf verdreht.
Da gab es nichts außer seine geheimen Fantasien.

Solch emotionale, sinnlichen Liebesschwüre
und erotische Ausdrucksweise, erregten ihn.
Sie musste ihn sehr geliebt haben, worauf er sich ebenfalls,
augenblicklich in die sinnliche Schreiberin verliebte.
Welch ein rassiges Vollweib musste sie sein.
Würde sie noch leben?
Und wie sollte er sie jemals finden?

Doch er sollte sich noch lange gedulden.
In seinem Kopf war sie ein wunderschönes Traumwesen,
einem Engel gleich, eine blonde Powerfrau,
die alle, welche sie bisher gesehen,
in den Schatten stellte.
Er sah sie schon bildlich vor sich.
In seiner Unruhe und Verliebtheit in ein Zauberwesen,
machte er sich schon bald auf den Weg sie zu finden.
Doch es würden noch Jahre vergehen,
bis sie sich in jener gewissen kleinen Kneipe,
das erste Mal trafen -- sich sogleich erkannten
und sich unsterblich ineinander verliebten.
Doch es sollte nicht sein.
Denn Justin hatte sie **vorher** gesehen
und ein weiteres Treffen der beiden, heimtückisch
vereiteln können. Um sie weiterhin - vor ihm zu verbergen,
verfrachtete er sie, betäubt in ein Raumschiff.
In dem sie verzweifelt doch nach langer Zeit,
zwar in einer fremden Gegend, doch auf unserer Erde

wieder landete.
Doch das war so nicht von ihm geplant,
denn Justin hatte sie nun aus den Augen verloren.
Sie musste sich jetzt in der Fremde zurecht finden
und den weiten Weg - in ihre Heimat suchen.

Nun dauerte es noch ewig lange bis sie - Günter und Sie,
sich eines Tages wieder trafen.
Doch die Umstände waren ungünstig für beide.
Es war die falsche Zeit,
sie ließ keine Beziehung zu, darum flüchtete sie
in eine andere Realität.
Bis ihre Zeit endlich gekommen war und sie endlich
zueinander fanden.
Wenn Justin auch ein ständiger Störenfried war,
so gab es noch andere die ihr Glück missgönnten
und sie zu beseitigen trachteten.
So geriet sie in ihrer Unbekümmertheit, in einen geplanten
Hinterhalt, übelster Gesellen.
Ihr größter Neider, der sich mit den brutalen
Steuereintreibern des Grafen zusammen getan hatten,
überfielen sie.
Hinter dem Dorf wurde sie eingekesselt und nieder
geknüppelt.

Das war mein letzter Tag mit Günter, Wolfgang und Jonny,
ohne zu ahnen, dass es der letzte war.
Jonny, der alles hilflos mit ansehen musste und ihr nicht
beistehen konnte - die Übermacht der Gegner
war zu groß.

Der letzte Tag - die letzte Eintragung im Buch.
Noch vor meinem Aufbruch an diesem Morgen,
schrieb ich ahnungslos die letzten Zeilen.
Juni 1899: Jetzt gehe ich wie immer,
unter dem Schutz Jonnys, meinen Weg durch die Wiesen
am Weiher, an den Sümpfen entlang.
Dort ist Natur pur. Ich könnte gar nicht alles aufzählen,
was ich dort beobachten kann.
Das waren ihre letzten Eintragungen.
Hier endeten ihre letzten Worte
und blieben für lange Zeit unvollendet.
Denn sie befand sich längst auf einer anderen Ebene.

Viele Jahre wusste keiner von ihrem Verbleib,
in der Zeit die es gar nicht mehr geben konnte.

Ohne es recht zu wissen, war sie Justins Gefangene.
Bis sie eines Tages das Zeitentor entdeckte
und somit ihren Weg in ihr wahres Leben
gehen konnte - ihren Liebsten und Jonny wieder traf

und endlich auch das Glück,
das ihr vorbestimmt war, wiederfand.
Nun hatte ich alles in meinen Aufzeichnungen gelesen,
die so plötzlich und harmlos endeten.
Was danach geschah, hatte ich indessen
in aller Ausführlichkeit erfahren.
Doch was geschah dazwischen?
Ich wusste nur dass Justin mich aus dieser
lebensbedrohlichen Situation befreite,
doch danach, Was war danach geschehen?
In der Zeit, in der es keine Erinnerung gab?
.

Doch aus alter Gewohnheit, hatte ich auch dort,
nach dem ersten Lichtblick,
alles Erlebte, niedergeschrieben.
Dieser Teil lag nun gut verborgen, doch unerreichbar
für mich in meinem geheimen Safe.
Nun allerdings drängte es mich,
diese Schriften in meinen Besitz zu bringen
und meine Bänder zu vervollständigen,
für die Ewigkeit.
Denn wer weis...
So blieb mir nichts anderes, als die neue Zeit
noch einmal aufzusuchen.
Ich wusste, wie riskant dieses Unternehmen ausfallen
konnte. Dennoch wollte ich diesen letzten Versuch

nicht im Sande verlaufen lassen.

Zumal ich Justin inzwischen als guten Freund betrachtete.

Kapitel 23 Geliebter Feind

So machte ich mich eines Tages zuversichtlich auf den Weg
zu Justin.
Doch ich fand ihn mürrisch, gekränkt und feindselig vor.
"Was willst du noch hier? Scher dich zum Teufel.
Hast du mich nicht schon genug gequält?
Willst du dich jetzt in meinem Unglück sonnen?
Doch da täuschst du dich.
Ich habe mich längst mit deiner Untreue und Falschheit
abgefunden.
Ich brauche und will dich nicht mehr.
Alles läuft bestens auch ohne dich.
Du glaubst wohl, ich vergehe vor Eifersucht
und Kummer!"
"Nein, du sicher nicht - obwohl du vor Eifersucht brennst.
Doch bei dir ist es eher Egoismus,
so etwas wie ein Verlust der Selbstschätzung - oder?"
"Hm, schon möglich, doch das zählt
jetzt nicht mehr - berührt mich nicht mehr!"
"Ach du Schwindler.
Doch ich werde dich nicht länger belästigen.
Ich bin nur gekommen, um meine Aufzeichnungen
zu holen, wenn du erlaubst,"
fügte ich hinzu.

"Bah - was sollte ich dagegen haben.
Deine Gemächer habe ich seitdem nicht betreten
und noch nichts verändert. Also bediene dich.
Nimm alles was mich an dich erinnert.
Doch bevor du mich wieder verlässt, lass uns noch einen
Scheidebecher auf die alten Zeiten trinken
und für ein Stündchen so tun als wäre es noch unsere Zeit."
Er mixte einen exotischen Drink.
"So komm ein letztes Mal in meine Arme.
Ach Schätzchen, alles was ich sagte, war nur im Zorn
gesagt. Ich weis, wann ich verloren habe.
So ist es wohl das vernünftigste,
dich zu begleiten und endlich Freundschaft
mit deinem Günter zu schließen.
"murmelte er und zog mich an sich.
Die Berührung seiner magischen Hände
auf meinen bloßen Armen genügte,
um mich zu entflammen.
Unglaublich, aber bei dem Mann kann ich mich seiner
gewissen Körperlichkeit nicht entziehen.
Ich erlag seinen Verführungskünsten.
Ekstatisch rissen wir uns gegenseitig die Kleidung
vom Leib und fielen wie ausgehungerte Tiere
übereinander her.
Mein Gott und wieder ist es geschehen.
Hier und jetzt habe ich meinen Liebsten betrogen.

Das darf niemals mehr geschehen.
Doch gegen Justin werde ich niemals
immun sein, dachte ich besorgt und löste mich
benommen von ihm.
"Wenn du jetzt gehst, werde ich dich natürlich
begleiten, als guter Freund - versteht sich.
Wie könnte ich dich so einfach gehen lassen,
mein Herzblut."
Vor Rührung brach ihm fast die Stimme,
als ich unüberlegt nickte.
Vermutlich ist das die beste Lösung,
dachte ich naiv, in diesem Moment.
Vielleicht können Sie eines Tages die besten Freunde
werden.
"Wenn du alles beisammen hast,
werde ich dein Bündel tragen," bestimmte er,
nachdrücklich.
So machten wir uns gemeinsam auf den Weg.

Der Empfang war frostig, doch Justin spielte seine Rolle
als Freund, doch gleichsam als zerknirschter Verlierer
zunächst perfekt.
So das ich erleichtert aufatmete und die beiden Rivalen
unbesorgt alleine ließ.
Sollten sie sich in Ruhe beschnuppern.
Frohgemut durchstöberte ich den Garten.
Jede neue Knospe entlockte mir ein Lächeln.

Während sich die Männer halbwegs kultiviert unterhielten.
Wenn ich sie - wie jetzt so nebeneinander sehe,
weis ich genau, nur der eine ist es mit dem ich sein will,
für immer und ewig.
Doch oh Schreck - sie saßen nicht mehr entspannt
auf der neuen Sitzgarnitur,
sondern völlig verkrampft und maßen sich abschätzend
wie Boxer im Ring.
Ach, das wird schon noch mit der Zeit besser werden,
schließlich waren sie immer nur Rivalen,
dachte ich - schläfrig gähnend.
In meiner geliebten Laube, die inzwischen mit duftendem
Geißblatt zu gewachsen war, legte ich eine Ruhepause ein.
.
Eine bleierne Müdigkeit über kam und lähmte
mich.
So das ich auf der Couch
bald in süße Träume und einen Tiefschlaf sank.
Die inzwischen hitzigen Debatten der Männer
wurden immer lauter und heftiger, doch sie berührten mich
nicht mehr. Ich war in einen todesähnlichen Schlaf
gesunken.
Das wüste Wortgefecht artete aus
und wurde handgreiflich. So dass nun auch Jonny sich
einmischte und zu schlichten versuchte,
was nun nicht mehr zu schlichten war.

"Sie ist zu mir zurück gekommen wie du siehst
und sie wird hier bleiben,"
fauchte Günter.

"Du solltest jetzt gehen, du bist dreist, korrupt
und verlogen, um nicht zu sagen - ein krimineller
Zeitgenosse," fügte er hinzu.

"Ha - das glaubst aber nur du," brüllte Justin aufgebracht.

"Nun gut, du willst es ja nicht anders," fügte er hinzu
und ging zum Schein.

Doch nach wenigen Minuten kam er wieder zurück
und lief zielstrebig zu der Laube.

Plötzlich hatte er einen Benzinkanister in der Hand.

Mit den Worten: "Wenn ich sie nicht haben kann,
dann sollst du sie auch nicht haben,"
schüttete er das Benzin gegen die hölzerne Wand der
Laube.

Ein Streichholz flog und setzte das trockene Holz,
augenblicklich in Brand.

Die Flammen fraßen sich in Windeseile empor.

In Minutenschnelle brannte das Haus lichterloh.

"So - nun bist du dran", zischte er hämisch,
„so hol sie aus den Flammen,
wenn deine Liebe so groß ist."
rief er mit teuflisch verzehrtem Gesicht.

Ohne auch nur einen Seitenblick auf die inzwischen wie
eine Fackel lodernde Laube zu verschwenden,

entfernte er sich und verschwand hinter dem Pavillon.
Doch er hatte vorher wohlweislich auf der hinteren Seite
ein Fenster offen gelassen.
Die hintere Seite hatte noch kein Feuer gefangen,
so dass es ihm ein leichtes war,
sie aus dem offenen Fenster zu retten.
Keiner sah in der Aufregung, wie er mit ihr auf den Armen
durch die Hecke verschwand.
Während Jonny den Wasserschlauch in Gang setzte,
stürmte Günter in die Feuersglut - ohne etwas,
außer den züngelnden Flammen zu sehen.
Als er in Panik das Bett erreichte,
stand es bereits in hellen Flammen.
Er stürzte sich blindlinks auf das brennende Bettzeug.
So würde er mit seiner Liebsten aus dem Leben
scheiden - mit ihr zusammen in die Ewigkeit gleiten,
waren seine letzten Gedanken, bevor der erste
Wasserstrahl ihn traf.

Justin war keineswegs mit friedlicher Gesinnung
in die alte Zeit aufgebrochen.
Er hatte einen teuflischen Plan,
denn er besaß noch immer den Schlaftrunk,
der erst Stunden später seine volle Wirkung entfachte.
"Ich werde dich begleiten, wir gehen in Frieden,"

hatte er süffisant geheuchelt.

"In Freundschaft und Frieden,

die alte Fehde muss ein Ende haben,"

hat er ihr heuchlerisch geschworen.

Ich glaubte ihm - wollte es glauben.

Nun würde endlich alles ein gutes Ende nehmen.

Ich hätte es besser wissen müssen aus Erfahrung,

dass er nur wieder einmal seine hinterhältigen Spiele trieb.

Sein heimtückisches Vorhaben war gelungen.

Nur vier Minuten später, hatte er den Hang zur Höhle
erklommen.

Nicht ohne noch einen befriedigten,

hämischen Blick hinunter auf die lichterloh brennende
Gartenlaube zu werfen,

bevor er mit der friedlich Schlafenden auf den Armen in
dem Zeitenkanal verschwand.

Kapitel 24 Ich bin nicht dein Spielzeug

Als ich erwachte, glaubte ich meinen Augen
nicht zu trauen, als ich mich in unserem Schlafgemach,
in der neuen Zeit wieder fand.
Erschrocken setzte ich mich auf.
Hatte ich alles nur geträumt?
Nein, das war kein Traum. Alles war wirklich geschehen.
Ernüchtert registrierte ich die Gitter vor den Fenstern
und die verriegelte Tür.
Der Schlag traf mich, warf mich fast um.
Oh - wie konnte mich dieser Satansbraten nur so
hinterhältig täuschen.
Anstatt zu schreien und zu wüten, überkam mich eine
stoische Ruhe.
Na, warte Bürschchen - so nicht, diesmal hast du den Bogen
überspannt, das kannst du mit mir nicht machen - nicht
noch einmal.
Doch im Moment war ich gefangen, aber nicht hilflos.
Meine Gedanken überschlugen und verirrten sich.
Jetzt entsann ich mich sogar an den merkwürdig,
bitteren Geschmack im Fruchtmix-Drink,
den er mir vor der Zeitreise aufgedrängt hatte.
Alles war jetzt anders.
Denn ich wusste nun alles über mein und Günters Leben,

in dem Justin eigentlich gar nicht vorkommen sollte.
Nur das Zeitentor hatte mich mit ihm zusammen geführt
und somit für ein wüstes Chaos gesorgt.
So weis ich auch von seiner armseligen Kindheit,
aus der er sich durch seinem unglaublichen Ehrgeiz,
hochgearbeitet hatte.
Durch seinen überschäumenden Intellekt hervorgetan
und im Jahre 2055 ein Stipendium als Chance
für seinen kometenhaften Aufstieg erhalten
und sich zu einem großen Industriegiganten
empor gearbeitet hatte.
Seine Fabriken liefen weiterhin ertragreich,
auch ohne den Präsidenten,
dem ehemaligen Gründer und Eigentümer,
den im laufe der hunderte von Jahren
keiner mehr kannte - den jungen autoritären Mann
für einen Urenkel des ehemaligen Gründers hielten.
Doch seine reichlichen Aktiva, stets seine Konten füllten.
Sein angehäuftes gigantisches Vermögen schien
unerschöpflich und ermöglichte ihm
ein Leben - wie es ihm gefiel.
Seine Macht und sein Willen alles zu erreichen,
begleitete ihn sein ganzes Leben.

Als er sich das erste Mal so richtig verliebte,
mit zehrendem, brennendem Herzschmerz,
war er bereits ein gemachter Mann und sah es
als unmännliche Gefühlsduselei.
Nun- er hatte durchaus nichts gegen Frauen,
wenn sie das Auge reizten.
Oh, er liebte die Frauen - alle,
doch nur für eine kurze Zeit. Er konnte sich nie für Eine
entscheiden - warum auch?
So waren gelegentliche amouröse, kitzelnde,
erotische Spielereien, jedoch ohne Bedeutung
und berührten ihn nicht weiter.
Alles andere war nichts als lächerliche Schwäche ,
bei einem Kerl wie ihm.
Bis er Sie zum zweiten Mal sah.
Da stand sein Herz in Flammen, ein Feuer, das niemals
mehr erlosch.
Wenn es einst erlöscht, ist mein Herz kalt und mein Leben
zu Ende.
Denn sie war ganz anders, als all die anderen.
Keine Femme fatale - kein Vamp
oder Modepüpchen mit gemaltem Gesicht,
ganz einfach ein Vollweib.
Nicht nur mit allen Reizen ausgestattet,
sondern mit einem faszinierenden Karma - einer
Wahnsinns - Ausstrahlung, das du vor Ergriffenheit

die Luft anhältst und glaubst, dass dein Herz aussetzt.
So erging es ihm damals, vor langer Zeit.
Doch noch heute martert ihn der süße brennende
Schmerz, wenn er nur an sie denkt.
Nun jedoch würde er sie für immer besitzen,
war er sich sicher.
Seine verworrenen geheimen Gedanken jedoch,
behielt er für sich.

Doch jetzt würde er kläglich bei mir scheitern,
denn auch ich habe einen eisernen Willen - den Willen
der Freiheit, dachte ich.
Bald hörte ich Schritte und das Knarren
des aufgeschobenen Riegels.
Plötzlich stand er wohlig grinsend im Raum.
"Ach mein Schätzchen ist endlich wach,
nach der Brandkatastrophe. Wie geht es dir?
Ich habe mich schon um dein Befinden gesorgt.
Wie ich sehe, hast du ein paar hässliche Brandwunden,
so wie ich auch.
Sicher weis du gar nicht was fürchterliches Geschehen ist?
Du bist wieder einmal knapp davon gekommen.
Doch ich habe dich wie schon so oft in letzter Minute
retten können.
So habe ich dich aus dem Feuer geholt,
während dein Geliebter zu feige dazu war."
gaukelte er mir vor.

"Was für ein Feuer? Ich weis von keinem Feuer
und von welchem Geliebten.
Es gab keinen Geliebten, egal ob mutig oder feige,
wovon sprichst du?
Das hast du dir doch wieder nur ausgedacht,
warum auch immer.
Und warum sind die Fenster vergittert?
Fürchtest du, man könnte mich rauben?
Wer sollte mich hier entführen wollen!
Nun versperr mir nicht länger den Weg.
Ich habe noch viel zu tun, die Pflicht ruft,"
sagte ich tadelnd und ging an ihm vorbei aus dem Haus.
Ich lass mich doch nicht einsperren, dachte ich erbost,
den Weg zur Höhle laufend.
Als ich jedoch schon nach 20 Metern auf einige männliche
Einwohner traf, die mir wie zufällig den Weg versperrten
und mich in ihre Mitte nahmen
und wie vertraute Freunde im Arm behielten.
"Was soll das, ist eure Freude so groß,
oder was ist euch zu Kopf gestiegen.
Lasst mich auf der Stelle wieder los," rief ich erbost
und begann in meinem Zorn - Ohrfeigen zu verteilen.
"Schon gut. Ihr könnt sie jetzt loslassen.
Ich bin ja jetzt hier," rief Justin, der mir gefolgt war.
"Ich fürchte, sie hat einen heimlichen Liebhaber - irgendwo
da draußen.

Obwohl ich sie verehre, wie eine Göttin
und auf Händen trage," versuchte er, sie zu verunglimpfen
und sich somit für sein Tun - zurechtfertigen.
Wir werden sie jetzt in ein Luxusgemach des neuen
Gefängnishauses unterbringen.
Haha - das hat sie weis Gott redlich verdient."
Sprach er und hob mich wie einen Sack Kartoffeln,
kopfüber auf die Schultern, während ich ihn zappelnd
mit Faustschlägen traktierte - Justin mich
tatsächlich - gnadenlos in eine der Zellen bugsierte.
"Hier wirst du ein paar Tage verbringen.
So lange bis du wieder zu Vernunft gekommen bist."
Meine Wut war unermesslich.
"Das wirst du bitter bereuen, du Menschenschinder,"
rief ich ihm nach, als der Riegel zuschnappte
und er sich entfernte.
"Ach, seht unsere hohe Herrin leistet uns Gesellschaft."
"Was mag sie nur verbrochen haben?"
mischten sich andere Gefangene ein.
"Nun würde sie selber den Luxus unserer komfortablen
Unterkunft kennen lernen.

Zwei ganze Tage ließ er mich schmoren.
Als er den Riegel öffnete und spöttisch, grinsend
die Zelle betrat.

"Ich komme, dich zu holen und dich von deinem Ungemach zu erlösen.

Und wenn du artig bist und..."

"Ich verzichte auf dein falsches Wohlwollen.

Ich ziehe es vor hier zu bleiben. Ich werde mich lieber hier einrichten, als bei dir," rief ich zornbebend.

"Ach was faselst du da für einen Unsinn.

Nun komm schon. Die Nächte sind so kalt und einsam ohne dich.

Ich habe mich so nach dir gesehnt," sagte er und zog mich mit sich.

"Schweig - kein Wort mehr deiner übertriebenen Faseleien.

Hast du nicht der Weiber genug - die dein Bett wärmen?" brauste ich auf.

"Ach, meine Kleine ist ja eifersüchtig.

Oh, das steht dir gut - wie deine Augen blitzen.

Nun komm endlich mein Herzchen, oder muss ich dich wieder tragen?

Was sollen denn die Leute denken."

"Nun gut, aber nur unter Protest," räumte ich widerwillig ein und fügte mich zum Schein.

Ein erfrischendes Bad, ein köstliches Frühstück mit heißem Kaffee und warmen duftenden Brötchen - sowie mein weiches Bett, lockten mich dann doch.

Justin gab den perfekten, liebevollen Gatten und bemühte sich unerschöpflich mir mit vielen kleinen

Aufmerksamkeiten, Freude zu bereiten und mich aufzumuntern.

Doch so zahm und liebevoll, wie er sich zunächst gab, blieb er nicht lange.

Schon bald eröffnete er mir seinen irren Plan.

"Du brauchst es gar nicht versuchen zu fliehen, es wäre völlig sinnlos.

Denn bei deinem ersten Versuch zu flüchten, heulen sämtliche Sirenen und Alarmglocken.

Also, so wie du eine gewisse Linie überschreitest, oder dich gar dem Berghang näherst, sind alle gewarnt und auf den Beinen um dich einzufangen.

Du hast also keine Chance von hier fortzukommen!"

"Meine Güte - du armer Irrer, du dauerst mich fast," bemerkte ich verächtlich.

"Warum um Himmelswillen tust du das alles?"

"Ganz einfach, weil ich es so will und mein Wille ist Gesetz." entgegnete er herrisch.

.

Der Herbst kam, das Laub fiel und verging, wie all meine Hoffnung unter einer glitzernden Schneedecke.

Der Herbst hatte sich über Nacht in eine Winterwelt gezaubert.

.

Mir blieb nun, nur in die andere Richtung zu gehen.

Ich stapfte durch den knirschenden Schnee,

ohne auch nur auf eine einzige Tierspur zu stoßen.
Alles war unberührt und rein, ohne sichtbares Steinsgeröll.

Alte Erinnerungen bahnten sich Wege.
Ein Hauch von Nostalgie streifte mich.
Hier ungefähr war früher Hermanns Häuschen,
in dem ich genau ein Jahr bei ihm lebte und dort stand
das letzte Haus des Dorfes - das Unglückshaus,
in dem sich Justin aus Frust in den Kopf schoss
und ein anderer Mann sich erhängte.
Als Maß für meine Spekulationen, sah ich die Entfernung
des Berges mit der Höhle.
Aber in Wahrheit war ja noch alles da,
denn hier lebte ja mein Liebster - wenn er noch lebte.
Alle Zeiten existierten gleichermaßen,
doch welche ist die Gegenwart? sinnierte ich.
Ich musste nur durch den Zeitenkanal gehen,
um 1000 Jahre zurückzureisen.
Das jedoch war mir nicht gestattet.

Eine unsägliche Traurigkeit lastete auf meiner Seele.
Ich war gefangen. Ich fühlte mich wie die Biene
im Wintergarten, die wieder und wieder,
bis zu totalen Erschöpfung versucht, durch das helle Dach
zu gelangen und nicht die offene Tür wahr nimmt.
Ich jedoch wusste, wo das Tor zur Welt
sich befindet - konnte es dennoch nicht erreichen.

Denn die aufgehetzten Männer würden mich sogleich
einkesseln und wie eine Verbrecherin,
meinem Gefängniswärter übergeben.
Ein paar Tage Knast und alles würde von vorne beginnen.

Kapitel 25 Die Abrechnung

Der Winter wollte kein Ende nehmen.
Väterchen Frost ließ ihn nicht aus seinen kalten Klauen.
Dem heftigen Schneetreiben folgte eine eisige Kältewelle,
die mich ans Haus fesselte.
So blieb mir viel Zeit, unser Heim zu durchstöbern
und umzuräumen.
Ach, wie viel Kram sich in den Jahren angesammelt hatte.
Nachdem ich alle Regale gesäubert und neu geordnet
hatte, machte ich mich an den Schrankfächern zu schaffen.
Dabei stieß ich auf eine verschlossene Tür,
die sogleich meine Aufmerksamkeit und Neugier erregte.
Was verbarg er da vor mir?
Justin war in seiner Funktion als Bürgermeister
zu einer der häufigen Versammlungen unterwegs,
die sich oft bis in die späten Abendstunden hinzogen.
So blieb mir genügend Zeit, mit viel Feingefühl,
das Schloss aufzubrechen.
Hinter allerlei Krimskrams, dessen Zweck und Nutzen
mir nicht bekannt waren, fand ich sie - die mysteriösen
Tropfen - das Fläschchen mit der betäubenden,
einschläfernden Wirkung.
Jetzt habe ich die Büchse der Pandora geöffnet.
Na, warte Bürschchen, nun werde ich den Spieß umdrehen.

So versetzte ich seinen Lieblings Whisky
mit einem gehörigen Schuss der geruchlosen Flüssigkeit.
Ebenso verfuhr ich mit einer Flasche Kornbrand,
die ich zu gegebener Zeit den Wachen,
die nicht weit vom Hause entfernt, ihren befohlenen Dienst
versahen, zu kredenzen.
Nun brauchte ich nur noch zu warten...

Ein paar Tage später schon, war es so weit.
Mit wachsendem Interesse verfolgte ich - und sah
mit Genugtuung, wie Justin sich ein Glas
der präparierten goldenen Flüssigkeit,
genüsslich einverleibte.
Wie meistens, blieb es nicht bei einem Glas.
Er streckte sich wohlig auf der Couch aus und begann zu
dösen.
Nun war es höchste Zeit, die wachenden Männer ebenfalls
mit dem versetzten Schnaps außer Gefecht zu setzen.
Ich holte die Flasche aus meinem Versteck.
Ein Blick auf Justin zeigte mir, dass er noch immer behaglich
döste.
Sodann schlüpfte ich hastig in meinen Mantel
und eilte aus dem Haus.
Mit forschen Schritten stapfte ich auf die Männer zu,
die bibbernd um ein Feuer hockten.

Sie sprangen sogleich auf, als sie mich kommen sahen,
um dann beschämt in eine Reihe zu treten.
"Hallo Jungs, ich sehe euch trotz der Kälte,
wacker durchhalten.
Wenn ich auch nicht weis, gegen welche Unholde ihr
ankämpfen sollt und Wache schiebt?
Dennoch dauert ihr mich. Hier - nehmt diesen guten
Tropfen, der euch beleben und aufwärmen wird,"
und übergab ihnen aufmunternd nickend, die Flasche,
welche sie mit leuchtenden Augen,
doch etwas verlegen entgegen nahmen.
"Oh ja Frau, gewiss doch wird er uns wärmen,
habt tausend Dank."
Ich rieb mir die Hände und lief zu den Stallungen,
um noch vor dem Dunkel werden die Hühner
und die Kaninchen zu füttern.

Meine Geduld wurde nun auf eine harte Probe gestellt,
denn es dauerte noch Stunden, bis ich die Männer
taumelnd in ihre Unterkunft trotten sah,
wo sie nun endlich schlafen würden und mir den lang
ersehnten Weg - endlich freigaben.

Das zunächst neiderweckende, übertriebene Prozedere,
hatte sich indes von einem nervenzehrenden Theater, ins
Gegenteil gewandelt, sodass die Frauen Mitleid

mit der armen Frau empfanden.

Es störte ihre Ruhe, denn schon allein,
spielende Kinder und tobende Hunde konnten
den Alarm auslösen.

Im Grunde gefiel Justin seine Aktion
nicht sonderlich, er wusste das es ein großer Fehler war,
mich so der Öffentlichkeit preis zu geben
und meine hohe Stellung und allgemeine Beliebtheit
im Volk minderte, was meine guten Eigenschaften
und mich diskriminierte.

So war ich eine ungezogene Person, die ihren Gatten
nicht ehrte und scheinbar abtrünnig war.

Abtrünnigkeit - welch ein unpassendes Wort.

Nun, so war ich eben abtrünnig, wenn ich gegen
die Übermacht aufbegehrte und nun auf meinem Weg
zum Ziel - mich zu meiner Freiheit, trotz des Alarmes
aus allen Ecken - mutig zu meiner Glückspforte,
dem rettenden Zeitentor aufmachte.

Das Dorf war bereits in schläfriger Ruhe, als die Sirene
und Alarmglocken ertönten.

Doch keiner ließ sich dadurch stören,
schließlich waren die Wachen dafür zuständig,
mir Einhalt zu gebieten.

Doch die Wachen waren außer Gefecht gesetzt
und schwebten im komösen, todesähnlichem Tiefschlaf.

Wenn mich auch einige der Frauen neugierig aus ihren

Fenstern vorbeieilen sahen, so betrachteten sie mich
eher mitleidig.
Nur ein Mann wehrte sich gegen den tiefen Schlaf.
Der Alkoholrausch müsste lange verflogen sein.
Doch Justin lag noch immer benommen in seinem Bett,
in das er sich schläfrig begeben hatte und döste.

.

Justin
Ich habe so ein merkwürdiges, dummes Gefühl,
dass es mit mir Bergab geht.
Alles ist so dumpf in meinem Kopf, in den Ohren rauscht es,
als wenn mich bald der Schlag trifft.
Wenn sie jetzt zu ihm gelangt, wird ihr Hass gegen mich
unaussprechlich sein, solch ungeheuerliche Freveltat,
kann ich niemals mehr rein waschen.
Doch wozu dann noch mein armseliges Leben,
soll sie mich töten, denn ohne sie lebe ich gar nicht.
Oder hat sie es schon in die Wege geleitet?
„Ein tödliches Giftgemisch im Getränk?"
So sei es drum.
Denn ich allein hatte das Glück, ohne Pause
die 800 Jahre ununterbrochen leben zu können.
So waren es wohl 14 Leben von einer - meiner Person
in allen Epochen durchlebt.
Hätte ich nicht jedes würdige Ereignis auf Video
dokumentieren können, so hätte ich bis auf die letzten 300

Jahre, das meiste vergessen, wie nun jetzt.
Alles entschwindet, ich kann nicht mehr denken.
Im Moment weis ich ja gerade noch meinen Namen,
meine Sinne fliehen aus meinem Körper,
zurück bleibt der vergängliche Leib.
Das Geheul der Sirenen nahm kein Ende.

Ich hörte das Jaulen der Sirenen im Halbschlaf leise,
so leise, dass ich es kaum wahrnahm.
Es kostete mich große Mühe, meinen dösigen Kopf
zu erheben.
Doch keiner der Männer war zu sehen und rührte sich.
Alles wonach ich strebte mein halbes Leben lang,
das ist nun vorbei.
Doch in Wahrheit saß ich schon lange
auf dem sinkenden Schiff.
Ich spürte mein Ende nahen.
Die Last der 800 Jahre lähmte mich - drückte mich nieder.
Ich spürte: Das ist nun der Tod, mein langes Leben
hat nun ein jähes Ende.
Doch die Strafe ist - dass ich nun einsam sterben würde,
ohne Abschied, ohne ein liebes Wort.
Keine Hand die meine hält.
Kein bedauerndes Lächeln unter Tränen.
Carla zieht es vor ihre Zeit bei den kleinen
10 Tage alten Häschen zu verbringen,
bei denen sie sich festgesetzt und von dem Anblick

nicht lösen kann.
Heute werde ich sie nicht holen können,
meine alten Knochen bringen mich nicht mehr hoch.
Ich bin völlig kraftlos und erschöpft.
So trete ich meinen letzten Weg allein an,
den Weg in die Ewigkeit.
Doch das alles kümmert mich nicht mehr.
Eine stählerne Müdigkeit lähmt mich,
ich kann mich nicht mehr rühren.
Ich bin bereit, wenn der letzte Vorhang fällt,
so lebt denn wohl meine geliebte Erde, Sonne und Mond
und meine unglücklich, vergebliche Liebe,
die einzig große Liebe meines Lebens,
die ich nie gewinnen konnte, die mich nicht wollte.
Gott wird sich schon meiner Erbarmen und mir
ein neues Leben schenken   -   irgendwann...

© 2022 Charlotte Camp
        Herstellung und Verlag:
        BoD - Books on Demand, Norderstedt.
        ISBN: 9783756223176